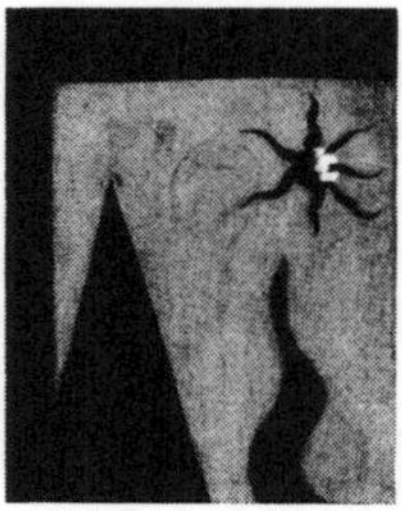

BECK & GLÜCKLER

Ennio Flaiano

Blätter von der Via Veneto

und andere Texte über Leben,
Film und Bücherschreiben,
über Rom und über die Italiener,
Gott und die Welt

Herausgegeben und übersetzt
von
Ragni Maria Gschwend

Mit einem Vorwort
von Peter Bichsel

BECK & GLÜCKLER

Originalausgabe

Holbeinstraße 8, D - 79100 Freiburg

Gestaltung: Michael Wiesinger, Freiburg
unter Verwendung einer Zeichnung von Orfeo Tamburi
Satz: Barbara Herrmann, Freiburg
Druck und Bindung: Freiburger Graphische Betriebe
Printed in Germany

ISBN 3-89470-411-X

Für Rosetta Flaiano

Inhalt

Vorwort

Gesetzt den Fall, Sie haben nie einen Menschen umgebracht: wie erklären Sie es sich, daß es dazu nie gekommen ist? Max Frisch

Wenn ich Flaiano lese, packt mich, sozusagen ohne jeden Grund, tiefes Mitleid mit ihm. Auch dann, wenn er genau das zu verhindern versucht mit dieser wegwischenden Geste, die fast alles, was er schreibt, als unbedeutend erklärt. Flaiano hat sich immer wieder als faulen Autor bezeichnet. «Ein Filmautor ist ein Versuch der Natur, die Langeweile nutzbar zu machen», schreibt er in *Melampus.* Die Flaiano-Interpreten machen aber mit Recht auf sein Riesenwerk aufmerksam, auf seine Unzahl von Drehbüchern, Notizen, Geschichten. Faulheit meint bei Flaiano etwas anderes als Unfleiß: Er mag nicht, er mag überhaupt nicht, er mag nicht darüber reden, er mag nicht Bedeutendes erlebt haben, er mag es letztlich auch nicht beschreiben, aber er muß, und über dieses Müssen staunt keiner mehr als er selbst. Er muß zum Schluß vor einem Riesenwerk gestanden haben, von dem er sozusagen nicht wußte, wie es entstanden ist. Es mußte entstehen, das ist alles.

Ich bin kein Flaiano-Kenner, will es auch nicht sein oder werden, ich bin nur ein Flaiano-Leser, und zwar ein treuer, nämlich ein unkritischer, und ich versuche, seine Sachen so zu lesen, wie er sie wohl geschrieben hat, irgend etwas auf Papier, irgend etwas. Das hat nichts mit Verantwortungslosigkeit zu tun. Das hat nichts mit dem Ernst der Inhalte zu tun. Es ist eine Geste, ohne die Flaiano wohl gar nichts gelungen wäre – ein Schwerfälliger oder Schwermütiger, der sich mit Übermut selbst zu übertölpeln versucht.

Dies alles will für das Buch, mit dem ich ihn zuerst kennenlernte, nicht so recht zutreffen. Vor ein paar Jahren wurde mir von Peter Hamm *Alles hat seine Zeit* (*Tempo di uccidere*) geschenkt. Ich erwähne den Namen von Peter Hamm, weil damals die erste Frage in der kleinen Gemeinde der Flaiano-Liebhaber immer wieder war: «Von wem hast du ihn?» Das hieß eigentlich: «Wer hat dich angesteckt? Von wem hast du den Virus?»

Lesen ist wie Schreiben ein einsames Geschäft und trotzdem ein soziales. Wer liest, braucht Mitleser. Ich habe noch nie so dringend Mitleser gesucht wie nach der Lektüre von Flaianos *Alles hat seine Zeit.* Ich habe auch noch nie soviel Geld ausgegeben wie für dieses Buch. Ich kaufte immer gleich mehrere Exemplare und verschenkte sie. In der lokalen Buchhandlung wurde ab und zu auch nach dem Buch von Bichsel gefragt, und wer so fragte, bekam nicht eines meiner Bücher, sondern das von Flaiano. Ich war von dem Buch nicht einfach nur begeistert, sondern tief betroffen. Hier beschrieb einer mit aller Härte und ohne Rücksicht auf sich selbst die grundsätzliche Liebesunfähigkeit der Männer. Die Unfähigkeit, zu lieben, heißt töten.

Ich habe das Buch immer wieder gelesen, fand auch ein paar begeisterte Mitleser und begann so etwas wie einen privaten Werbefeldzug für Flaiano. Er war mir auf eine eigenartige Art so nahe, daß ich ihn irgendwie ins Leben zurückholen wollte.

Daß er der Drehbuchautor von Fellini war, das schien mir ein Argument zu sein. Es war das schlechteste Argument überhaupt – denn wer liebt Fellini nicht? Und Fellini ist eben Fellini, ein Markenzeichen – auch für mich. Zudem gilt er als einer der Väter des Autorenkinos – er hat also keinen Drehbuchautor zu haben.

Inzwischen habe ich das Gefühl, dem Flaiano war das irgendwie recht. Das meint jene «Faulheit» wohl, von der Flaiano immer wieder spricht. Eitel muß er gewesen sein, fast jede Zeile in seinen Tagebüchern läßt es erahnen, aber er war offensichtlich fast ehrgeizlos – die Ehre, die man sich mit Schreiben erwerben kann, galt ihm offensichtlich weniger als er sich selbst.

Auch sein wunderbares erstes Buch wurde ihm vom Verleger abgepreßt. Wüßte man das nicht, man würde annehmen, das Buch sei aus einer großen inneren Not geschrieben worden, in verzweifelter Leidenschaft.

Es passiert mir selten, daß ich bei der Lektüre eines Buches nach der Realität frage: «Ist das wirklich geschehen, und was ist wirklich geschehen?» «Ist das die persönliche Geschichte von Flaiano, hat er wirklich diese Frau umgebracht?» Die Imagination, die Bildhaftigkeit, die Beschreibung von Details läßt eine Wirklichkeit entstehen, die wohl nur noch mit Flauberts oder mit Joseph Conrads Wirklichkeit vergleichbar wäre.

Erfunden oder wahr, das spielt denn eigentlich gar keine Rolle. Es findet jedenfalls statt, jetzt im Augenblick, wo ich es lese, und es wird dringende Gründe geben, daß es dem Autor eingefallen ist (Max Frisch: Gesetzt den Fall, Sie haben nie einen Menschen umgebracht: wie erklären Sie es sich, daß es dazu nie gekommen ist?). Sozusagen das kategorische schlechte Gewissen, schlechtes Gewissen an und für sich und im Prinzip. (Wenn ich Flaiano lese, packt mich, sozusagen ohne jeden Grund, tiefes Mitleid mit ihm.)

Beim Suchen nach Mitlesern habe ich doch einige Leser gefunden, die ähnlich betroffen wie ich reagierten. Ich habe auch Leserinnen gefunden, die durchaus angetan waren von Flaiano, aber doch nicht eigentlich erschüttert. Das überraschte mich, denn im Grunde genommen hielt ich *Tempo di uccidere* für ein fast feministisches Buch: Ein Mann schreibt über die

Unfähigkeit der Männer, zu lieben. Trotzdem, es gibt Frauen, die Flaiano geradezu als antifeministischen Autor empfinden. Ich versuchte diesen Vorwurf ernst zu nehmen und habe sein *Nächtliches Tagebuch* und die beiden Geschichten *Eine und eine Nacht* entsprechend kritisch gelesen und nichts Entsprechendes gefunden – wohl weil ich ein Mann bin – er war es auch. Und ich habe auch in diesen Büchern die Freude am Kleinen, am Unbedeutenden gefunden, ein Autor, den man lieben muß, bevor man ihm zuhört – ein Autor auch, der, nachdem man ihn liebt, alles darf – alles erzählen darf. Ich weiß über ihn nur das, was er mir literarisch (und hochliterarisch) mitgeteilt hat – ich kenne ihn persönlich nicht, sogar seine Lebensdaten müßte ich nachschlagen, aber ich mag ihn nun mal. Hier wirbt einer um Erbarmen, und mein Erbarmen hat er. Es ist letztlich das Erbarmen mit mir selbst.

Melampus war für mich dann der Schlüssel. Ein Intellektueller, ein Filmautor, kommt nach New York, «in diese überaus intime geometrische Stadt, erbaut in babylonischem Stil und von Amerikanern bewohnt». Das Zitat könnte von Max Frisch sein, und auch das: «Amerika: Ich habe alles über Amerika begriffen, am ersten Tag, an dem ich zum ersten Mal dort ankam; aber jetzt begreife ich nichts mehr», oder: «Reisen ist, wie wenn man die Wasserhähne aufdreht und zusieht, wie die Zeit wegrinnt: vergeudet, flüssig, unaufhaltsam.»

Max Frisch kannte und kenne ich, und er ist mir sehr wichtig. Mit einem seiner Bücher hatte ich aber immer meine kleine Mühe, mit *Montauk*. Ein Intellektueller kommt nach New York, liebt diese Stadt, macht seine Bemerkungen über diese Stadt, erinnert sich an dieser Stadt an sich selbst, verliebt sich in eine junge Amerikanerin, etwas hilflos, auch sprachlich – nämlich fremdsprachlich – hilflos, liebt in ihr vor allem noch einmal New York, die Sprache der New Yorker, das Englische – ich weiß, das ist eine fahrlässige Inhaltsangabe, aber so könnte es eine Inhaltsangabe von Frischs *Montauk* wie auch von Flaianos *Melampus* sein. Der eine, Flaiano, hat es wohl etwas fahrlässiger getan, der andere, Frisch, mit einem großen Kunstwillen. Trotzdem, es gibt Szenen in den beiden Büchern – die Beschreibung der jungen Freundin zum Beispiel –, die annähernd deckungsgleich sind, und das eine Buch wurde mir immer wieder zum Schlüssel des andern. Es lohnt sich, die beiden Bücher parallel zu lesen. Hätte Frisch *Melampus* gekannt, er hätte wohl ein anderes Buch geschrieben, ein anderes schreiben müssen, denn er hätte wohl beim Lesen von Flaiano, den er mit Sicherheit nicht kannte, entdecken müssen, daß *Melampus* ein weinerliches Buch ist, und ein weinerliches Buch hätte Frisch nie schreiben wollen und Flaiano selbstverständlich auch nicht. *Melampus* wurde mir auch zu einem Schlüssel zu *Tempo di uccidere*, was dort als schonungslose

Selbstkritik erscheint, ist vielleicht doch eher Selbstmitleid – nicht die Wut darüber, ein Mann zu sein, sondern die Klage darüber. Das mag Frauen, aufgeklärten Frauen, als lächerlich erscheinen, es ist es wohl auch, trotzdem, es rührt uns Männer – das Selbstmitleid der Männer ist wohl letztlich doch das gemeinsame Thema der Männer: es ist die eigentliche Männlichkeit. Sollte das erbärmlich sein, und ich habe den Verdacht, dann wäre das immerhin eine Beschreibung der Männer im Sinne der Feministinnen. Wieviel Selbsterkenntnis dahintersteckt, darüber kann man streiten, aber Sarkasmus und Selbstironie ist beiden, Frisch und Flaiano, nicht fremd.

Würde ich Frisch nicht kennen – und, Entschuldigung, auch ein bißchen mich selbst –, ich würde nun behaupten, Flaiano sei der italienischste Autor, den ich kenne, jene Mischung von brillanter Intellektualität und larmoyanter Eitelkeit. Mag sein, daß es nationale Unterschiede gibt, immerhin, die Frage sei erlaubt: Wie italienisch ist Frisch, wie deutsch oder schweizerisch ist Flaiano? Eine österreichische Literatur? Eine amerikanische Literatur? Eine südamerikanische gar – und Südamerika ist groß –, es ist doch eigenartig, daß man annimmt, Autoren seien für ein Land typisch; im Gegenteil, sie sind untypisch, die amerikanischen Autoren gleichen den Durchschnittsamerikanern so wenig wie die italienischen den Durchschnittsitalienern. Trotzdem wollen wir

Literatur immer wieder national sehen, und auf Fotos von Flaiano sehe ich wirklich einen Italiener. Anfangs hat mich das sogar ein bißchen geschockt.

Immerhin, es gibt nationale Umfelder, die von Autoren benützt werden können, und Italien ist literarisch ein eigenartiges Land. Wohl nirgendwo sonst werden die Künstler so sehr verehrt und so wenig benützt. Es gibt in italienischen Zeitungen noch ein Feuilleton, oft ein hervorragendes: Man möchte über die Kunst orientiert sein. Es gibt in Italien eine große Literatur, die auf ein großes Interesse stößt und letztlich ungelesen bleibt. Dieses Mißverhältnis wäre wohl für deutsche Autoren unerträglich. Italienischen Autoren gibt es genau diese Freiheit, irgend etwas aufschreiben zu dürfen, ein öffentlicher Elfenbeinturm sozusagen, beschützt durch das Interesse des Publikums einerseits und doppelt beschützt durch die Nichtbenützung.

Für mich ist die italienische Literatur die wichtigste, die nach 1945 geschrieben wurde – geschrieben in einem eigenartigen, fast sanften Getto, die Anerkennung hatten die Autoren im Ausland zu suchen, die Verehrung hatten sie zu Hause. Den Filmern – Fellini zum Beispiel – ist beides leichter gefallen.

Es gibt in Italien offensichtlich so etwas wie eine Vorstellung von einem Intellektuellen. So einer war Flaiano offensichtlich – ein «Professore», ein «Commendatore», Titel, die man in

Italien auf der Straße verliehen bekommt, vom Wirt in der Kneipe, der annimmt, daß hier einer etwas Eigenartiges tut, aber etwas Wichtiges, nämlich Kunst.

Ich versuche mir immer wieder Max Frisch als Italiener vorzustellen. Er hat mal versucht, einer zu werden, sein römisches Exil war ein ernsthafter Versuch. Es gibt diese besondere Intellektuellen-Existenz in Italien, die, gelangweilt und abgekoppelt von aller Nützlichkeit, einfach alles aufschreibt, das Bedeutende und das Unbedeutende, einfach alles, und vielleicht auch nur, um ein «Professore» zu sein; ich bestaune Flaiano dafür, daß er es ohne großen Fleiß und gar ohne große Lust getan hat, einfach weil es getan werden muß: «Ein Filmautor ist ein Versuch der Natur, die Langeweile nutzbar zu machen.»

Vielleicht ist Flaiano nicht der größte italienische Autor, höchstwahrscheinlich ist er das nicht. Aber Flaiano liefert einen Schlüssel dazu, warum in Italien immer wieder große Literatur entstanden ist. Die Freiheit des Unbedeutenden und die Freiheit des Ungelesenen – Geschriebenes an und für sich –, das ist fast Luxus, unbezahlter, aber hochverehrter Luxus. Das mag auch – ganz nebenbei bemerkt – elitär sein, ein Volk von Nichtlesern verehrt eine schreibende Elite. Das ist nicht ohne Gefahr, politisch und heute wieder zum Beispiel. Flaiano wußte das wohl, *Tempo di uccidere* war auch ein hochbrisantes politisches Buch, eigenartigerweise das einzige literarische Zeugnis von jenem schrecklichen faschistischen Abessinienkrieg. Das Buch wurde hoch gelobt, hatte seinen großen Erfolg, erhielt den ersten Premio Strega – und blieb in seiner politischen Aussage total unbeachtet. Kunst an und für sich genügt, ab und zu glücklicherweise, aber nur zu oft auch leider.

Übrigens, und nur ganz nebenbei, ein Jean Paul hatte, wenn auch hungernd, diesen Luxus im frühen 19. Jahrhundert auch, hochberühmt, hochverehrt, aber nur von einer kleinen Gruppe von Gebildeten gelesen – und das waren dann auch schon fast alle Leser. Wäre er von allen Verehrern gelesen worden, er hätte wohl anderes geschrieben. Das Unbedeutende wäre nicht mehr erwähnenswert gewesen.

Was sucht man, wenn man einen Autor liest – wohl letztlich nur sich selbst. Und was beschreibt man, wenn man einen Autor beschreibt – wohl doch sich selbst. Flaiano macht mir beides leicht. Ich kenne mich selbst nicht sehr gut. Ich bin kein Flaiano-Kenner – deshalb.

Peter Bichsel

Mein Leben ist eine Rohfassung

Von meinem Vater habe ich die wache Faulheit, eine gewisse Verschwendungssucht, den raschen Stimmungswechsel, die Wutanfälle, das Bestehen auf Ordnung bei den anderen und die Nachsicht mit der eigenen Unordnung, das Vergnügen an der Geselligkeit, die Sehnsucht nach der Kunst, die unersättliche Sinnlichkeit – und sonst noch unzählige physische Defekte.

Von meiner Mutter die Beharrlichkeit im Haß, den verschwenderischen Geiz, die Freude daran, die Armen (so sie sympathisch sind) zu unterstützen.

Von meinem Bruder die Vorliebe für zweifelhaften Umgang, die Verantwortungslosigkeit, die Gewohnheit, Versprechungen abzugeben, von denen man weiß, daß man sie nicht hält, die Neigung, den Schwachen zu schützen, das Bedürfnis, auf Anhieb zu gefallen, die Hartnäkkigkeit im Irrtum, die Sucht, sich hervorzutun.

Von den Jahren in Armut den Haß auf alles, was sich zu Unrecht mit Pomp umgibt.

Von meiner Familie den Haß gegen die Familie und die Liebe zur ihr. Von den anderen: nichts.

Leider war ich in der Freundschaft immer besser als meine Freunde. Ich bin schlecht gestartet, mit Verspätung, lediglich gehalten von dem Ehrgeiz, ein Abbild der Dinge um mich herum zu hinterlassen – und doch immer entmutigt von der Öde der alltäglichen Existenz, verblüfft zudem durch die Erkenntnis, daß die Menschen, ja selbst die Dinge, das Verständnis der Welt fliehen, als etwas zu Kompliziertes, Verdächtiges und Nutzloses.

*

Mein Vater sagte immer: «Beschaff dir ein Stück Papier (ein Diplom), und dann kannst du machen, was dir gefällt.» Hätte ich nur auf ihn gehört! ... Ach was, dann würde ich vielleicht jetzt das machen, was den anderen gefällt.

*

Große Menschen verstehen es, einen Glauben und einen Mut vorzutäuschen, die sie in Wirklichkeit nicht haben. Kein Mensch, der bis auf den Grund, über sein sterbliches Leben hinaus, geblickt hat, besitzt noch Glauben und Mut: Es bleibt nur Resignation. So gibt es Mutige, die vor dem Exekutionskommando Haltung bewahren, weil sie begriffen haben, daß alles getan worden ist – lange Zeit vorher. Es sind die schwachen Menschen, denen es nicht gelingt, den Schein zu wahren. So wie mein Vater, als er anfing, sich vor dem Tod zu fürchten und trübsinnig zu werden, unfähig zu reagieren. Alles erschien ihm nutzlos und nicht der Beachtung wert, ausgenommen das Leben – so wie jetzt mir. 1940 besuchte ich ihn in Pescara, um ihm Rosetta vorzustellen. Er lag im Bett, mit Schal und Radfahrermütze. Sehr müde. Um ihn aufzumuntern, sagte ich zu ihm, er sehe aus wie einer, der es noch zehn Jahre machen würde. Ich sagte das voller Emphase, zehn Jahre erschienen mir damals ungeheuer viel. Meinem Vater kamen sie wie ein Urteilsspruch vor, der Aufschub für einen kurzen Moment. Ich erinnere mich an seinen Blick, den Blick eines getroffenen Mannes. Nur zehn Jahre, dachte er, also mehr nicht ... Es waren die letzten Worte, die ich zu meinem Vater sagte, ich sah ihn erst tot wieder, drei Jahre später; und es waren die grausamsten Worte, die ich je zu einem Menschen gesagt habe. Ich kann sie mir nicht verzeihen, nicht einmal, wenn ich bedenke, daß ich damals ein Dummkopf war, daß ich das Leben noch vor mir hatte und daß es mir riesig vorkam, unendlich lang, lang genug, um sich wirklich daran sättigen zu können.

Der Jüngste

Der Ort, an dem ich geboren bin und lebe, ist nicht groß; im Winter, wenn die Nordwinde hindurchfahren, wird er noch kleiner und trister. So heißt es in einem Brief, den ich vor drei Monaten von R. erhielt; und dann weiter:

Es ist ein Ort, an dem seit Jahren nichts pas-

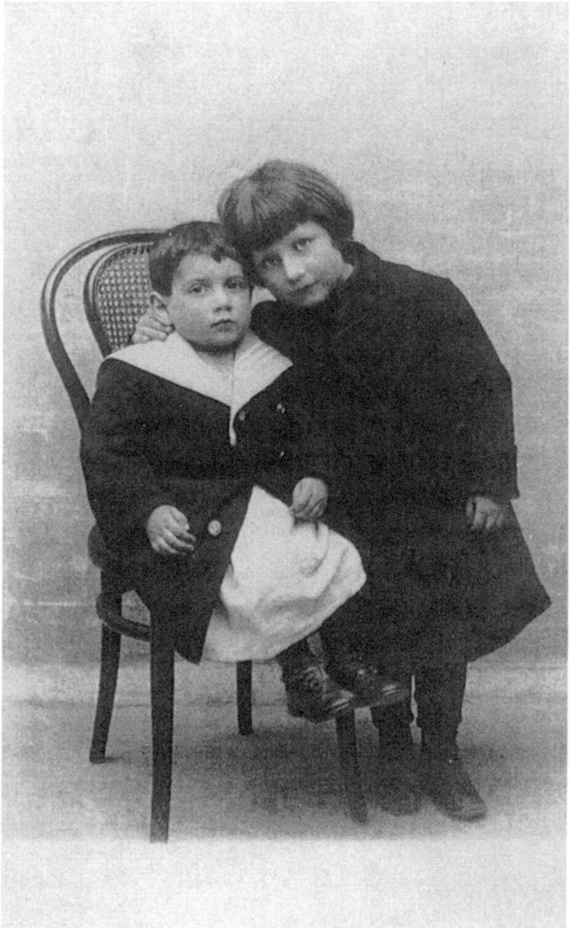

1 Als Vierjähriger mit seiner jüngsten Schwester

siert, und die Damen und Herren Urlauber wechseln jede Saison, weil keiner die nötige Seelenstärke aufbringt, hier zweimal hintereinander Ferien zu machen. Nicht einmal das Meer, das ihn umspült, kann man als groß bezeichnen, es wirkt allenfalls wie ein großer See, und das gibt der Landschaft etwas Beengtes – ein rein verstandesmäßiger Eindruck, denn am Horizont sieht man weder Küsten noch Berge. Seine bescheidene Oberfläche hindert mein Meer jedoch nicht daran, gefährlich zu werden, wenn bestimmte Stürme es plötzlich aufwühlen und seine gewohnte blaue Decke in eine schmutzige Schabracke verwandeln, auf der die letzten Boote erschrocken dahinschaukeln.

Wenn sich einer dieser Stürme ankündigt, um gleich darauf loszubrechen, gehe ich gern aus dem Haus und wandere lange über den kalten Sand am Strand, bis meine Schuhe naß werden von der Gischt, die die Wellen heranspülen. Dann – ein im übrigen leicht zu erklärendes Phänomen – löst sich meine übliche Melancholie, und ich verbringe die Tage in einer lebhaften Heiterkeit, in die sich ein seltsamer Tätigkeitsdrang mischt, der auf eine gewisse Neigung, die ich zur Einsamkeit und vielleicht zur Misanthropie habe, zurückzuführen sein mag. Das sind die Momente, in denen ich glaube, daß es mir gelingen wird, alles, was gewesen ist, unter einem großen Stein zu begraben, die Momente, in denen ich an mich selbst glaube und mich achte. Dann denke ich daran, moralische Gedanken niederzulegen, und über den einen oder anderen grüble ich beim Gehen nach; aber wenn ich zu Hause versuche, sie auf einem Blatt Papier festzuhalten, fliehen sie. Und die, die bleiben, enthüllen so offen ihre Immoralität, daß mir oft bittere Tränen bis zu den Mundwinkeln herunterrinnen.

Wie Du weißt, bin ich das jüngste Kind, das wenig in der Familie gilt. Vielleicht hatte mich (bei dem Altersabstand zwischen mir und dem letzten meiner Geschwister) niemand mehr erwartet. Ich kam, wie man so sagt, als der Tisch schon abgedeckt war, beim Obst. Aber das allein kann nicht der Grund für das Schweigen sein, das mich jedesmal prompt empfängt, wenn ich das Haus betrete.

Die drei anderen Brüder und die beiden Schwestern tun inzwischen so, als nähmen sie keine Notiz von mir; hin und wieder werfen sie einen Blick auf mich, um festzustellen, daß ich leider immer noch existiere. Mich stört ihr Verhalten nicht, es erlaubt mir vielmehr, Gleiches mit Gleichem zu vergelten, und befreit mich von jeder Last der Konversation oder, schlimmer noch, der Zuneigung und der Dankbarkeit ihnen gegenüber. Ich gestehe, daß ich zuweilen Mühe habe, mich an sie zu erinnern, vor allem an den Zweitgeborenen, der der unbedeutendste Mensch ist, den ich kenne.

Inzwischen stört es mich auch nicht mehr, wenn mein Vater die anderen fragend ansieht und tiefbekümmert die Schultern hochzieht, fast als wollte er damit zum Ausdruck bringen, daß ich gestorben sei. Die ersten Male hat mich das so getroffen, daß ich mir vorstellte, ich wäre tatsächlich gestorben und laste als ewiges schlechtes Gewissen auf den Seelen meiner Angehörigen. Seit langem hege ich für meinen Vater nur noch eine aufrichtige Gleichgültigkeit, und er weiß so gut, wie es in meinem Herzen aussieht, daß er es immer vermieden hat, mich zu schlagen, selbst wenn mein Betragen es erfordert hätte. Nur meine Mutter hat versucht, mich zu schlagen, ein einziges Mal; aber ich habe sie mit soviel kalter Unschuld angeschaut, daß sie es sein ließ, und ich sah sie ein paar Tage mit rotgeweinten Augen herumlaufen.

Man braucht übrigens nicht zu glauben, daß ich unter alldem übertrieben leiden würde. Sicher litte ich weniger, wenn ich von zu Hause fortgehen könnte, vielleicht würde ich dann entdecken, daß ich meine Familie liebe, daß ich mit ihr eine teure und unteilbare Gemeinschaft bilde. Doch das ist nicht möglich. Ich meine: daß ich fortgehe.

Bei Tisch ist immer ein Platz für mich frei; ich habe auch ein Zimmer, in dem ich den größten Teil meiner Zeit verbringe, mit irgendeinem Buch und zwei Bildern an den Wänden: ein Zimmer, nicht häßlicher als die anderen, vielmehr habe ich den Vorteil, es allein zu bewohnen. Dieses Recht wird mir gern zugestanden. Ich gehe aus dem Haus, wann ich will, und komme auch erst spät nachts heim, wenn es mir paßt; ich lege niemandem Rechenschaft über mein Tun ab, und im Zusammenhang mit meiner Person ist auch nie von Arbeit die Rede. Ich lebe auf Kosten der anderen, wohlgemerkt ohne das bißchen Geld zu haben, über das meine Geschwister verfügen und das es ihnen ermöglicht, sich Kleider, Bücher oder nützliche Dinge zu kaufen, ganz nach Lust und Laune.

Die jüngere meiner beiden Schwestern kümmert sich um meine Wäsche, und sie tut das, ich muß es zugeben, mit hinlänglicher Sorgfalt, aber nicht aus Zuneigung. Nach einem amourösen Fehltritt hat sie sich geschworen, Sühne zu leisten, indem sie sich während der ganzen Zeit, die sie bis zu einer Verheiratung noch zu Hause wäre, um meine Sachen kümmern würde. Ich leugne nicht, daß ich einen gewissen Verdruß empfinde, wenn ich sie dabei antreffe, wie sie ruppig in meinen Schubladen wühlt, aber ich verrate mich nicht, aus Faulheit, und lasse sie machen. Ich betrachte ihr gelocktes Haar, das sie über die Maßen pflegt, die vulgär auf die Knöchel heruntergerollten Strümpfe und ihre gesunden, rauhen Wangen. Ich rede nicht: Sie versteht trotzdem, was ich sagen möchte, und verläßt das Zimmer, die Tür voll Verachtung hinter sich schließend, und ich höre sie auf dem Gang vor sich hin schimpfen und die Heiligen anrufen. Meine Schwester heißt … oh … das habe ich vergessen.

Mein ältester Bruder dagegen ist derjenige,

der am meisten versucht, mir das Leben schwerzumachen; ihn verdrießt meine Gleichgültigkeit, und vielleicht möchte er auf seine Weise mit mir Freundschaft schließen, aber es ist offensichtlich, daß er sich nicht getraut. Er möchte sogar, daß ich arbeite, und obwohl er sich über diesen Punkt nicht offen ausspricht, spielt er indirekt jedesmal darauf an, wenn die Unterhaltung auf das Thema kommt. Er beschimpft dann die Brüder, die ihm an meiner Stelle antworten, indem sie mit süßlicher Ironie beteuern, daß jeder Mensch das Recht habe, zu tun, was er will. Einmal endete es damit, daß sich alle drei während des Mittagessens prügelten und dabei eine Menge Geschirr zerschlugen: Und dann sahen sie mich an, um zu demonstrieren, daß sie in Wirklichkeit mich hätten verprügeln wollen.

Was mich, ich muß es sagen, verwundert, ist, warum sie es nicht tun. Vielleicht schüchtere ich sie mit meiner Ruhe ein, und sie fürchten, daß ich schrecklich werden könnte, wenn man mich provoziert: Doch nein! Es ist genau meine Gleichgültigkeit, die sie zurückhält. Wenn ich nur einen Hauch von Interesse zeigte, wenn ich ihre Existenz wahrnähme, würden sie bei der ersten Gelegenheit auf mich losgehen, um ein für allemal Schluß zu machen.

Den größten Teil der Zeit verbringe ich in meinem Zimmer, das sehr eng ist und nur die allernötigsten Möbelstücke enthält, das Bett, einen Stuhl und einen Schrank. Ich habe keinen

Schreibtisch, und wenn ich schreiben will, muß ich mich aufs Bett setzen und eine Mappe auf die Knie legen. Was die Bücher betrifft, so sind es so wenige, daß sie bequem auf der Konsole Platz haben, die mir als Nachttisch dient. Ich habe jedes schon mehrmals gelesen. Ja, ich wäre Dir dankbar, wenn ...

(Hier bat mich R. um zwei oder drei nicht aufzutreibende Bücher. Es versteht sich, daß ich auf diesen Brief nicht antwortete: Ich hatte in jenen Tagen viel zu tun, und außerdem bin ich nicht fähig, eine Korrespondenz aufrechtzuerhalten, soweit sie sich nicht auf der Basis wohlwollender Routine abwickeln läßt. In dem Brief von R. erkannte ich das naive Bemühen dessen, der seine letzten Hoffnungen aufs Briefeschreiben setzt und sich Komplizen sucht. Und deswegen habe ich nicht geantwortet. Der Brief ging mit der Beschreibung des Zimmers und der Einrichtungsgegenstände weiter:)

... Die beiden Bilder, die ich vorher erwähnte, sind der einzige Schmuck meines Zimmers. Es handelt sich eigentlich nur um zwei bescheidene Farbdrucke, und sie stellen die Verlobung des Seemanns und den Seemann als glücklichen Gatten dar. Auf dem ersten Farbdruck sind der junge Seemann und seine Braut abgebildet. Sie stehen Hand in Hand da, blikken einander in die Augen und verbergen schamhaft eine gewisse schmachtende Erwartung in ihren jungen, ganz der Konvention entsprechenden Körpern. Auf dem zweiten sieht man dasselbe Paar, viele Jahre später, jetzt umringt von vier kräftigen Söhnen, von denen der letzte, der jüngste, auf die Knie des Papas geklettert ist und die rechte Hand zur Liebkosung ausstreckt. Es ist eine schwache Szene, geradezu widerlich, wenn man sie aufmerksam betrachtet. Der kleine Junge beugt sich mit komischer Sicherheit vor, die Umstehenden lächeln. Seine Hand ist sich jedoch (wenn man genau hinsieht) nicht gewiß, ob sie den Papa streicheln soll, was aufgrund der Nähe leichter wäre, oder ob sie lieber nach dem blonden Haar der Mutter langen möchte, die, eng an den Gatten gelehnt, die liebliche Szene betrachtet.

Diese beiden Bilder sind mein Panorama, wenn ich, auf dem Bett liegend, die Stunden in der Erwartung zubringe, daß meine armseligen Gedanken endlich zu einer Form finden – oder wenigstens einen Vorwand, sich aufzulösen. Ich könnte daher über all die dargestellten Figuren mit Leichtigkeit wie von Personen reden, die ich genau kenne: Doch damit würde ich Dich nur langweilen, dessen bin ich sicher. Zum Beispiel ...

(Hier folgen zwei Blätter mit verschiedenen Interpretationen der Figuren. Ich überspringe sie, weil ich damit tatsächlich – wie R. es rhetorisch vorhergesehen hatte – den Leser anöden würde.)

... Was im übrigen das zweite Bild betrifft – fährt der Brief fort – , so muß ich hinzufügen, daß meine Brüder es dazu benutzt haben, mir ein kurioses Zeichen ihrer Feindschaft zu geben: indem sie nämlich einen Dolch in die Hand des kleinen Jungen zeichneten, der sich vorbeugt, um seinen Vater zu streicheln. Ich gestehe Dir, daß ich über diesen Dolch viel nachgegrübelt habe, ohne zu einem Schluß gekommen zu sein. Sollte sich vielleicht so die rote und schlecht verheilte Narbe erklären, die mein Vater am Hals hat? …

(Hier folgen die Grüße und so weiter.)

*

Ich habe vergeblich in den damaligen Zeitungen die Nachricht von meiner Geburt gesucht. Keine Fotoagentur hat meinem Vater eine Summe überwiesen, um die ersten Fotos von mir, in den Armen meiner Mutter, zu bekommen. Leider befindet sich die Gesamtheit der Leute, die ich kenne, in derselben Lage. […]

*

Wer geboren wird, sorge vor allem dafür, nicht in einer armen oder kinderreichen Familie geboren zu werden. Die in der Kindheit oder Jugend erlittene Armut führt den intelligenten Menschen zur Literatur, zur Politik, zu sexuellen Ansprüchen. Sich eine reiche Familie aussuchen und eine Erziehung fordern, die auf dem Grundsatz basiert, daß Reichtum alles kauft und rechtfertigt.

*

2 1914 mit dem Bruder Nino (links) und der Mutter am Strand von Pescara

Auf den Bildern, die mich als Kind zeigen, beeindruckt mich immer ein Blick des Vorwurfs, der nur mir gelten kann: Ich würde der Grund seines zukünftigen Unglücks sein, das ahnte es.

*

Nachforschen, wo das Aufgeben des Kampfes begonnen hat und was die Gründe dafür waren.

Internat, daß einen die Eltern im Stich ließen, familiäre Unsicherheit. Oder aber Charakter, Unentschlossenheit, Sinnlichkeit. Eine lange und nutzlose Arbeit.

Bedürfnis, die fehlende Sicherheit durch Ironie zu ersetzen. In der Frau immer den sicheren Hafen zu sehen (Abbild der Mutter), im Freund den Bruder (den man betrügen muß, um ihn für die mütterliche Bevorzugung zu bestrafen), im Vater sich selbst (schuldig und bereits verurteilt).

Mein Marsch auf Rom

Jetzt, nachdem der fünfzigste Jahrestag des Marschs auf Rom vorüber ist und die diesbezüglichen Erinnerungen und historischen Betrachtungen allmählich wieder abklingen, wird mir, wenn ich darüber nachdenke, bewußt, daß auch ich meinen Marsch auf Rom gehabt habe. Kleine Begebenheiten und Gestalten von damals treten mir wieder lebhaft vor Augen, zusammen mit den Winkeln eines inzwischen verschwunde-

3 Als Siebenjähriger in Internatsuniform

nen oder veränderten Roms, das mein erstes Rom war: vor genau fünfzig Jahren.

Also: Ich erinnere mich, daß ich am Abend des 26. Oktober 1922 am Bahnhof von Pescara in einen Zug gesetzt wurde, der am nächsten Morgen in Rom ankommen sollte. Der Beginn des neuen Schuljahrs stand bevor; ich hatte einen Koffer mit Wäsche und Büchern bei mir, sonst nichts an Kleidung, weil ich nach meiner Ankunft die Uniform des Collegio Nazionale tragen sollte, die bei einem Militärschneider in der Via dei Pontefici schon für mich bereitlag. Ich war zwölf Jahre alt und wurde mit vielen unnützen Ermahnungen in den Zug gesetzt und mit einem Taschentuch verabschiedet, als der Zug abfuhr. Erst danach bemerkte ich, daß mein Waggon dritter Klasse fast ganz mit örtlichen Faschisten besetzt war, einige von ihnen kannte ich vom Sehen, alle schon berauscht von dem Abenteuer, dem sie entgegenfuhren. Sie sangen, und kaum hatte sich der Zug in Bewegung gesetzt, zogen sie unglaubliche Mengen Fressalien heraus. Im Waggon verbreitete sich ein intensiver Geruch nach Omelette, Schnitzel, gebratenem Huhn und rotem Wein. Diese jungen Burschen hatten fast alle flotte Frisuren, mit einer krausen Tolle auf der Seite und Koteletten, was damals als der Inbegriff von Verruchtheit galt. Die Langweiligkeit ihrer immer und immer wieder angestimmten Lieder versetzte mich in Schlaf – bis nach Carsoli, wo die Wagentüren unter dem Ansturm einer

Meute von «Kurieren» aufgerissen wurden: Bauern, die Käse, Fleisch, Hühner, abgezogene Lämmer und Säcke mit Hülsenfrüchten nach Rom brachten. Die nächtlichen Gerüche, die sich mit den neu dazugekommenen mischten, zwangen uns, die Wagenfenster aufzumachen. In Tivoli stiegen dann alle Faschisten aus, immer noch singend. Ein Bauer, der neben mir saß, sagte leise: «Geht nur, geht, in Rom warten schon die Soldaten auf euch.»

Auf mich wartete in Rom der Regen. Der Schulanfang wurde verschoben, und so verbrachte ich, bei einer meiner Schwestern zu Gast, ein paar Tage der Freiheit für die erste Bekanntschaft mit Rom. Ich wohnte am Lungotevere Prati, damals mit riesigen Platanen geschmückt, heute nur noch mit Automobilen; und vor mir, auf dem anderen Tiberufer, sah ich bereits das traurige Gefängnis, in dem ich die vier nutzlosesten Jahre meines Lebens verbringen sollte, das Collegio. Es war ein gleichförmiger kirchlicher Bau der Gegenreformation, das Clementinum, jetzt ebenfalls verschwunden.

Es regnete, wie es nur in Rom regnen kann, mit einer Aufdringlichkeit, gegen die es keinen Schutz gibt. Auf dem Ponte Cavour betrachteten Trupps von melancholischen Vaterlandsverteidigern ihre Spanischen Reiter; der Tiber hatte Hochwasser und führte Baumstämme, verendete Kühe und Schweine mit sich. Ich sah auch einen Sessel, den die Fluten dahintrugen. Unten bei San Paolo war der Fluß über die Ufer getreten und hatte die Basilika überschwemmt. Dieser Sessel, ich glaube ein Louis Seize, trieb, ohne aus dem Gleichgewicht zu geraten, in Richtung Tiber-Mündung – oder auch nur in Richtung irgendeines Altwarenhändlers. Er hat mich als symbolisches Zeichen beeindruckt, aber erst später, damals registrierte ich lediglich die Fakten. Von einer Neugier getrieben, die durch nichts zu stillen war, lief ich den Corso entlang, wagte mich bis zur Piazza Colonna. Am Morgen des 28. legte mir der Schneider in der Via dei Pontefici (der schönen Straße, die verschwunden ist, um den gesichtslosen Bauten der Piazza Augusto Imperatore Platz zu machen) meine Internats-Uniform an; und so dahinspazierend, sah ich die ersten Trupps von Faschisten, die sich in die Cafés und in die Trattorien drängten. Es hieß, daß sie bei San Lorenzo auf ernsthaften Widerstand gestoßen seien, aber ich erinnere mich, daß die Passanten ihnen applaudierten. Auf dem Corso, an der Ecke der Via delle Convertite, gab es damals ein Geschäft mit Toiletteartikeln. Im Schaufenster sah ich eine Unzahl kleiner Mussolini-Büsten aus Seife aneinandergereiht, umringelt von Bändern in den Nationalfarben. Viele Faschisten erstanden dieses Souvenir, das noch dazu nützlich war. Ein anderes Schaufenster, das einer Apotheke in der Via Tomacelli, hatte eine patriotische Serie von Präservativen ausgestellt, Marke *Fascio*, Marke *Ardito*, ebenfalls zwischen dreifarbigen Bändern. Rom empfing so aufs glimpflichste seine Gäste, die in diesen Gegenständen keinerlei Ironie sahen – und tatsächlich lag auch keine darin. Die Römer, seit Jahrhunderten daran gewöhnt, den Pilgern Devotionalien zu verkaufen, verkauften jetzt eben diese.

In den Straßen um den Corso und die Piazza di Spagna, in denen sich damals die Bordelle häuften, schien mir das größte Gedränge zu herrschen. Die Zeitungsverkäufer rannten mit ihren Extrablättern herum, der Regen hatte aufgehört, in den Toreinfahrten und auf den Gehsteigen sammelten sich Gruppen der Sturmabteilungen, hingelümmelt, müde, immer zu Gange mit ihren belegten Brötchen und den Weinflaschen – und von den Passanten mit gespielt wohlwollender Neugier betrachtet.

Was passierte sonst noch? Rom geriet langsam in Feststimmung. Es gab ein paar Zwischenfälle, meistens mit Kutschern und Gastwirten, die ihr Geld nicht bekamen, aber der Rest der Bevölkerung, jedenfalls im Zentrum, fing an, die Fenster mit Fahnen zu schmücken. In den ersten Novembertagen (ich könnte aus den damaligen Zeitungen das genaue Datum herausfinden) verlor die Statue der Justitia, die im Rückfenster des protzigen Justizpalastes, auf der Seite zum Fluß hin, thront, ihr Hauptattribut: die Waage. Sie war aus Eisen und Travertin. Diese Waage stürzte herunter und hätte ums Haar einen Advokaten erschlagen, die Trümmer blieben auf der großen Treppe liegen; aber nicht einmal dieses Zeichen rief sonderliche Beunruhigung hervor. Von den Fenstern des Collegio aus konnte ich in den folgenden Monaten beobachten, wie der Schaden repariert wurde; doch anstelle der Waage gaben die Restauratoren der Justitia ein Schwert in beide Hände, dessen Spitze der größeren Sicherheit wegen auf dem Sims ruhte. Es ist immer noch dort. An die Waage sollte sich bald niemand mehr erinnern.

Es begannen die patriotischen Feiern zum 3. November, und vorher war alles auf den Friedhof Verano geströmt, zum Gedenken an die Toten. Kurz und gut, es war allerhand los. Am 4. defilierten die Faschisten vor dem König, und am Abend nahmen viele den Zug nach Hause. Es gab nichts mehr zu tun.

Am Morgen des 5. trat ich endlich ins Collegio ein, auch mein Marsch war zu Ende. Mir blieb aus diesen Tagen ein Gefühl von Feuchtigkeit, von Trostlosigkeit, das wenige von Rom, das ich gesehen hatte, war mir von einer grenzenlosen Traurigkeit erschienen, die mir die Mauern des Collegio jetzt klarmachten: die Traurigkeit des Spätbarocks, der Pflastersteine mit den Lücken dazwischen, der zahllosen päpstlichen Gedenktafeln, einer abgestumpften Menge, eines Zynismus, den ich nicht begriff. Vor dem Verano-Friedhof hatte ich eine Trattoria gesehen mit dem riesigen Schild: «Hier weint sich's besser.» Es war ein schonungslos deutliches Rom, mütterlich, wenn man so will, und willfährig, das sich bereits darauf vorbereitete, die kluge Geliebte des Usurpators zu werden. Und der wird sie dann dadurch belohnen, daß er die Borghi, die Via Alessandrina zerstört und scheußliche Vorstädte baut, in denen das aus den alten Straßen vertriebene Volk zu einem Höllenleben verdammt ist, das immer noch andauert.

In der Schule redete man nicht über den Faschismus, er wurde als ein unvermeidliches und vorübergehendes Übel angesehen, als eine Art nationaler Schnupfen. Mussolini brachte einen auch zum Lachen. Alle konnten seine Karikatur zeichnen, die breite Stirn, die quadratischen Kiefer, die Basedow-Augen, die zusammengekniffenen und verächtlich nach unten gezogenen Lippen. Im Tabakladen gab es Postkarten von ihm zu kaufen, wie er Geige spielte oder einen kleinen Löwen streichelte, der dann im Zoo landete.

Nachdem die Marschierer aus Rom abgereist waren, blieben die Kommandanten weiterhin auf dem Plan, denn für sie ging es jetzt erst richtig los, mit der Jagd nach den Posten. Restaurants, die inzwischen verschwunden sind – das Marinese, das Brecche (wo man zwei Jahre später das Verbrechen an Matteotti ausheckte), das Umberto –, wurden zu ihren Clubs. Für die Nacht gab es ein Varieté in der Via della

Scrofa: La Bomboniera. Und natürlich die Bordelle. Man sah die ersten Frauen im Schwarzhemd.

Gegen Mitte November führte eine für diesen Anlaß eilig zusammengestellte Musiktheater-Truppe im Theater Costanzi, das damals noch nicht das Opernhaus war, eine große satirische und patriotische Revue auf. Der Titel: «Mussoliniade». Zum Schluß kam die Soubrette, aufgemacht wie die Italia auf den Diplomen, von Schwarzhemden umringt nach vorne, und der Saal tobte vor Begeisterung. Es mag unglaublich erscheinen, aber ich erinnere mich, daß das Orchester in diesem Moment das beliebteste Musikmotiv der Revue wiederaufnahm, ebenjenes, das in den folgenden Tagen sämtliche Belamis von Rom trällern sollten; und alle Schauspieler rezitierten den Text: «Oh, Lampenschirm / Farben von Himmel und Meer // Oh, Lampenschirm / magischer Schleier, mystère ...»

Man muß sich vor Augen halten, daß der Lampenschirm in jener Zeit die letzte erotische und technische Errungenschaft des Bürgertums war. Vielleicht ist das die einzig mögliche Erklärung.

4 Als Soldat, 1933

Die Flucht

Wie die meisten Italiener bin ich ein Binnen-Emigrant. Als Junge habe ich den kleinen Ort, in dem ich lebte, sehr geliebt, er kam mir wunderschön vor, bewohnt von freundlichen und klugen Leuten. Später, als ich dann sah, wie er wuchs und sich ohne jede Anmut ausdehnte, als ich sah, wie man einen Pinienwald zu Brennholz machte oder die Platanen einer Strandpromenade fällte, um dort die Trambahnschienen zu verlegen, weil es chic war, eine Trambahn zu haben, als ich sah, wie man einen öffentlichen Park verwüstete, um ein Bürohaus hinzustellen, und die Leute dazu Beifall klatschten, da begriff ich, daß die Klugheit und Freundlichkeit meiner Landsleute nur oberflächlich waren, das, was darunter lag, aber dumm und blind. Ich mußte einfach weg. Ich kam nach Rom, das ich aus den Büchern in- und auswendig kannte und das ich liebte: Und seit zwanzig Jahren erlebe ich hier nun die gleichen Zerstörungen, nur in größerem Maßstab. Die Liebe, die ich Rom entgegenbrachte, hat sich inzwischen abgekühlt, jetzt gefällt mir sogar mein Heimatort, so zerrupft und kaum wiederzuerkennen, wie er ist. Oft denke ich, die wahre Weisheit bestehe darin, dort, wo man geboren ist, auch weiterzuleben. Früher einmal glaubte ich nur an die Flucht.

*

5 Mit Rosetta Rota, kurz vor der Hochzeit 1940

Warum ist es in einem bestimmten Alter so schwierig, in seinen Heimatort zurückzukehren beziehungsweise dort zu bleiben, nachdem man zurückgekehrt ist? Deine Landsleute haben mit der Zeit Schritt gehalten, du, in der großen Stadt, bist zurückgeblieben. Du träumst vom einfachen Leben, von den unkomplizierten Freundschaften, du bist in den Büchern zu Hause, hast begriffen, daß das Gold die Scheiße des Teufels ist (ah, dieser Widerwille, wenn man einen Scheck bekommt und ihn zur Bank bringen muß!): Hier dagegen glauben sie noch, daß das Glück darin bestehe, sich abzurackern, daß es von außen komme. Sie sind stolz auf ihre technischen Errungenschaften, alle haben sie ein Motorboot, alle glauben sie an ihre neuen Möbel.

*

Mein Leben ist eine Rohfassung. Wenn ich noch einmal neu anfangen dürfte, könnte ich einige Fehler ausmerzen. Aber der Charakter? Würde der mich nicht dazu führen, neue Fehler zu machen? Vielleicht subtilere, solche der Überheblichkeit – wie den, der mir gerade jetzt unterläuft, nämlich zu denken, man könnte ein Leben korrigieren? Das doch, wenn es einen Sinn hat (aber es hat keinen), gerade aus der Summe seiner spontanen und groben Fehler besteht.

Es ist der Charakter, der mich glauben läßt, daß bestimmte Fehler tadelnswert, andere dagegen lobenswert seien. Der Fehler, das Ästhetische überzubetonen, befriedigt mich, der der Unentschlossenheit demütigt mich, der Mangel an Scharfsinn kränkt mich, der Mangel an Glauben ... ein weiterer Fehler?

Mein Tag

Große Widersprüche gibt es in meinem Leben nicht, ich möchte sagen, daß ich sie alle aus Mangel an Phantasie versäumt habe. So bin ich nie auf die Straßen nach Damaskus geraten, doch im Verlauf eines einzigen Tages kann ich mir, wie der Weise, siebzigmal widersprechen. Bei einem Unentschlossenen meiner Spezies (ziemlich häufig) bedeuten die Widersprüche ein wenig Bewegung und daher die Erhaltung des Gleichgewichts. Ich wechsle meine Stimmungen und Ideen mit dem Lauf der Sonne. Am Morgen hasse ich die Gesellschaft, am Abend liebe ich sie. Am Morgen, wenn ich die Zeitungen lese, finde ich alles widerlich: das Aufbegehren des Mittelstands, die Anmaßung der Extremisten, die Selbstzufriedenheit der Regierenden. Im Verlauf der Stunden fühle ich mich eher dazu geneigt, die anderen Standpunkte zu verstehen, sogar zu tolerieren, und zu lächeln. Schließlich kommt der Abend: Aber ja, alles geht besser, Italien ist mein Land, die Italiener sind sympathisch mitsamt ihren Fehlern, die Revolution kann verschoben werden.

Am nächsten Morgen geht alles wieder von vorn an: totale Einsamkeit, Entsagung oder Sprung in die Realität? Ich werde weitere Revolutionen um meine eigene Achse vollbringen müssen, innerhalb von vierundzwanzig Stunden.

*

Er beschloß, sein Leben zu ändern, die Morgenstunden zu nutzen. Er stand um sechs Uhr auf, duschte sich, rasierte sich, zog sich an, frühstückte mit Genuß, rauchte ein paar Zigaretten, setzte sich an den Schreibtisch und erwachte am Mittag.

*

Die Dummheit der anderen fasziniert mich, aber ich ziehe meine eigene vor.

*

[Autobiographische Notiz für die «Antologia del Campiello 1970»]

Ich bin in Pescara geboren, in einem so fernen und sauberen 1910, daß es mir wie aus einer anderen Welt vorkommt. Mein Vater war Kaufmann, ich das letzte der sieben Kinder seiner zweiten Frau, Francesca, eines Engels von Frau, den mich die Familienverhältnisse erst zu spät und zuwenig kennenlernen ließen. Mit fünf Jahren wurde ich in die Marken geschickt, nach Camerino, zu einer befreundeten Familie, die sich um mich kümmern sollte. Dort blieb ich zwei Jahre. Mit sieben wußte ich, wie man ein Telegramm aufgibt. Danach habe ich Pensions- und Internatsjahre in anderen Städten verbracht: in Fermo, in Chieti, in Senigallia und sogar in Brescia, 1922. Am 27. Oktober brach ich nach Rom auf, wiederum als künftiger Internatszögling, in einem Zug voller Faschisten, die «den Marsch machten». Ich war zwölf Jahre alt und Sozialist. In Rom wurde ich ein sehr schlechter Schüler und schaffte es mit Mühe bis zum Architekturstudium, das ich nicht beendete, weggeholt vom Militärdienst und von den Kriegen, an denen ich teilnehmen mußte – ohne einen Schuß abzugeben.

Trotzdem, Rom ist meine eigentliche Stadt. Manchmal kann ich sie hassen, vor allem seit sie zur Riesengarage des Durchschnitts-Italieners schlechthin geworden ist. Aber Rom ist undurchschaubar, es enthüllt sich erst mit der Zeit und auch dann nicht ganz. Es besitzt einen unerschöpflichen Vorrat an Geheimnis und immer noch einige Oasen. In Rom habe ich als junger Mann Jahre damit zugebracht, herumzulaufen, nachts, mit dem Dichter Cardarelli und mit Guglielmo Santangelo, beides Meister der Indignation und des Lebens. In Rom habe ich die ersten Schriftsteller kennengelernt, die ersten Künstler, die jungen Männer, die hungerten, und die Frauen, die ihnen dabei Gesellschaft leisteten. Ich habe sehr spät zu schreiben angefangen, Satiren und Glossen, ohne je an Erzählerisches zu denken. Im Winter 1946, als ich allein in Mailand war, habe ich meinen ersten und einzigen Roman geschrieben. Es war «mein Afrika», meinen Maßen angepaßt, ein Lehrstück: *Tempo di uccidere*.

Das Buch gewann einen Preis, die Kritik nahm es gut, schlecht, lauwarm auf. Ein Kritiker schrieb, daß er auf meine zweite Bewährungsprobe warte. Er wartet noch immer. Ein anderer, daß ich «zu lesbar» sei. Das literarisch konservative Italien lehnte mich ab. 1949 holte mich Pannunzio als Redakteur zum «Mondo», dort hatte ich eine Kolumne, die ich dann später, zusammen mit anderen Schriften, in einem Band, *Diario notturno*, zusammenfaßte. Der Film bot mir in jenen Jahren ein wirtschaftlich weniger hartes Leben. Ich habe mit Fellini zusammengearbeitet, bei acht seiner Filme, ich habe andere Geschichten für andere Regisseure geschrieben. Alles in allem vergeudete Zeit, Ideen und Manuskripte in den Wind gestreut. 1959 ein weiterer Band mit Erzählungen und dann eine Komödie, *Un marziano a Roma*, die einzige Sache, die mir gefällt – und die danebenging. Film und Schweigen bis zu dem Buch *Il gioco e il massacro*, das in die Auswahl für den Premio Campiello gekommen ist.

Die Texte, die ich darin veröffentlicht habe, Dialoge und Sittenbilder, stammen aus der Zeit von 1956 bis 1966. Welche Bedeutung sie haben? Mit Oscar Wilde möchte ich sagen: «Ich lebe in der großen Angst, nicht mißverstanden zu werden.»

Jeder Erfolg ist im Grunde ein Mißverständnis

Das Demütigende des Erfolgs – und die Gewißheit, nicht für ihn geschaffen zu sein –, das empfand ich während der öffentlichen Prämierung (in einem römischen Hotel) meines ersten und einzigen Romans: *Tempo di uccidere*. Es war eine Sommernacht des Jahres 1947; gleich nach der Prämierung fingen die Freunde und die Geladenen (die auch die Preisrichter waren) mit dem Tanzen an, und ich versuchte zu begreifen, was mich so sehr ängstigte. Vielleicht das Gefühl, daß jeder Erfolg im Grunde ein Mißverständnis ist. Ich bekam einen begehrten Preis für einen Roman, von dem ich jetzt fand, daß er völlig neu geschrieben werden müßte. Ich ging allein nach Hause. Ich erinnere mich, daß ein streunender Hund es sich in den Kopf gesetzt hatte, mir bis ins Treppenhaus zu folgen, und unbedingt mit in die Wohnung wollte. Wie soll man so etwas abschlagen? Ich brockte ihm Brot in die Milch und ließ ihn auf dem Bettvorleger schlafen: Am nächsten Morgen ging er weg. Aber nicht einmal ihm war es gelungen, mich mit seiner Gesellschaft zu trösten. Ich hatte einen Scheck (über zweihunderttausend Lire) in der Tasche – und die Gewißheit, daß er mir nicht zustand. Das Schlimme war, daß ich ihn dringend brauchte. Seit damals nistet in mir ein Zweifel an der effektiven Nützlichkeit von Literaturpreisen, den zu zerstreuen mir bisher nicht gelungen ist. Was den Beifall der Preisrichter und der Kritik betrifft, so handelte es sich ohne Zweifel um eine weitere Verpflichtung, die ich mit großer Leichtfertigkeit auf mich nahm und immer noch nicht eingelöst habe.

Wenn ich versuche, das Ganze besser zu begreifen, so denke ich, daß unsere Epoche gerade durch den Erfolg charakterisiert ist. Ich beneide aufrichtig jeden, der ihn anstrebt, und vor allem diejenigen, die, wenn sie ihn erreicht haben, nichts unversucht lassen, nur um ihn weiter zu nähren. Ich beneide sie, weil ihre gerechte Sorge das Zeichen für eine tiefe Liebe zu ihrem Publikum ist, ganz zu schweigen von der zu sich selbst. Zwei Lieben, die ich nicht hegen kann. Vielleicht teile ich die Vorurteile meiner post-d'annunzianischen Generation, die den Erfolg bewußt ablehnte und ihm regelrecht aus dem Weg ging, um das eigene Leben und das eigene Werk nicht in einem einzigen Urteil verflochten zu sehen. Und auch weil damals die, die einem dazu verhalfen, nicht sonderlich kompetent waren. Heute dagegen trifft der Erfolg vor allem die besten Menschen. Ich habe daher keine Ängste für die Zukunft: Es hat ganz den Anschein, daß mein erster bescheidener Erfolg auch mein letzter bleiben wird.

6a 1947. Flaiano wird zum Sieger des ersten Premio Strega ausgerufen. (Der unterlegene Konkurrent Libero Bigaretti hebt Flaianos Arm)

6b Flaiano in einer Karikatur von Fellini

Ich kann keine Aufgaben übernehmen, die meine Schwächen übersteigen.

*

Ein Heft, dessen Blätter vergilbt sind in der Erwartung, daß ich etwas hineinschreibe. Aber es ist gerade ihre Erwartung, die die Feder fernhält. So wie wenn jene unbedachten Damen mitten in der Unterhaltung sagen: Reden wir ein wenig über Literatur, und keiner spricht weiter.

*

Ich habe den Schriftsteller stets als lächerliche Figur gesehen. Zu sagen: «Ich schreibe» ist mir verdächtig vorgekommen. Deswegen haben sich meine Neigungen der Satire zugewandt. Kurz und gut, ich bin nicht zum Schriftsteller geboren, und ich kann auch nicht schreiben. Schreiben ist eine ungeheuer mühsame Anstrengung. Ich muß es jedesmal wieder neu erfinden. Ich weiß nicht, was meine eigentliche Bestimmung gewesen wäre. Wahrscheinlich Buchbinder oder Schreiner.

*

Ich bin ein Schriftsteller, der es nicht verstanden hat, sich auf andere Weise zu verwirklichen, und alles, was ich gemacht habe, betrachte ich mitunter voll Argwohn. [...] Dagegen bewundere ich den glücklichen Schriftsteller à la Goethe, der das leere Blatt liebt. Mir macht das leere Blatt angst.

*

Was meine Ironie oder, wenn man so will, meinen Hang zur Satire betrifft, so glaube ich, daß sie mich von alldem befreit, was mich ärgert, was mich bedrückt, was mich kränkt, was mir Unbehagen schafft in der Gesellschaft. [...] Wenn ich etwas schreibe, vergesse ich danach den Grund, der es mich hat schreiben lassen, das heißt, ich eliminiere ihn aus meinem Dasein und denke an etwas anderes. In diesem Sinn ist Schreiben für mich effektiv ein organisches Bedürfnis. Ich würde sehr gern die Notwendigkeit zu arbeiten aus meinem Leben eliminieren, denn ich bin vom Wesen her faul, wenn das ein Modus wäre, zu überleben.

*

Wenn ein Autor sehr viel schreibt, dann werft einen Blick auf seine Frau. Sie ist fast immer häßlich. Und was soll der arme Kerl da machen? Er schreibt.

*

Die Frauen schreiben, um sich zu rächen.

*

Der faule Schriftsteller schlief. Der Held der Erzählung, an der er gerade geschrieben hatte, als der Schlaf ihn übermannte, trat aus dem letzten Kapitel und fing an, in den Romanen, die im Bücherregal standen, herumzuschmökern. «Unerhört», dachte er, «die hier amüsieren sich alle, reisen, reden, betrinken sich, frönen den seltsamsten Neigungen, gehen ständig miteinander ins Bett! Und ich? Ich?» Der faule Schriftsteller wachte auf und sagte: «Wenn du das alles auch tun willst, dann tu's im Papierkorb.» Und er zerriß die Seiten, die er geschrieben hatte. Als aber sein Held nicht aufhören wollte zu weinen, sagte er noch, bevor er wieder einschlief: «Ja, weine nur, weine, das wird dir guttun!»

*

Er interessiert mich nicht mehr. Er versteift sich darauf, Bücher zu schreiben, die ich, wenn ich wollte, auch schreiben könnte – aber nicht lesen.

*

Von einem unsicheren Schriftsteller behauptet P., er schreibe nach dem Gehör, mit nur einem Finger.

*

Lesen ist nichts, das schwierige ist, zu vergessen, was man gelesen hat. Und mittlerweile sind es nicht mehr die Autoren, die uns von ihren Büchern fernhalten, sondern ihre Leser.

*

Die Unaufmerksamkeit ist die verbreitetste Manier, ein Buch zu lesen, aber der größte Teil der Bücher wird heutzutage nicht nur mit Unaufmerksamkeit gelesen, sonden auch geschrieben. Oder aber mit einer Aufmerksamkeit, die zur

7 Rom 1947

Absprache zwischen Autor und Leser gehört. Man liest, wie man raucht, um Hände und Augen beschäftigt zu halten. Man kann bereits Bücher finden, die einfach auf den Sitzen im Zug liegengelassen wurden. Ihre Besitzer haben sie aus Gewohnheit gelesen, aus Langeweile, aus Angst vor der Leere und vor sich selbst. Unter den Lastern ist, wie Valéry Larbaud sagte, das Lesen das einzige, das unbestraft bleibt, aber in bestimmten Fällen kann das Aufgeben des Lesens genauso vor ernsten Konsequenzen bewahren wie das des Rauchens.

Man kann ein Buch auch aus Argwohn und Neid lesen. In diesem Fall ist das Buch allzu eingängig, man denkt, daß sogar wir es hätten schreiben und Ruhm und Geld damit erwerben können. Man hätte nur auf den Gedanken kommen müssen. Es handelt sich um Bücher, die großen Erfolg haben, die sogenannten Bestseller. Für gewöhnlich geht es in ihnen um irgendein Schein-Problem, eine Mode-Situation, ein Thema, das allgemein interessiert und aktuell ist. Man liest sie, begierig, mit Wut und nicht zuletzt um weiter an ihnen zweifeln zu können, aber auch um zu versuchen, hinter das Geheimnis ihrer Gefälligkeit zu kommen. Wenn man nach ein paar Jahren im Bücherregal wieder auf sie stößt, wandelt einen bei vielen dieser Bücher die Lust an, sie wegzuwerfen. Tatsache ist, daß sie auch äußerlich häßlich geworden sind, sie haben es nicht verstanden, mit Anstand zu altern. Ja, sie sind der Beweis dafür, daß die Schönheit eines Buches als Gegenstand nicht von seinem Inhalt zu trennen ist. Es gibt wirklich nichts Mißbräuchlicheres als ein dummes Buch in einem prachtvollen Einband.

Die dritte Art, ein Buch zu lesen, ist die schlichteste, aber sie ist genau die der großen Leser. Man erwirbt sie entweder mit dem Alter, mit der Erfahrung, oder aber sie ist eine Gabe, die man schon als Kind in sich entdeckt, bei den ersten Lese-Erlebnissen. Es geht darum, von «diesem» Buch nie gänzlich Abschied zu nehmen, es beiseite zu legen und wieder in die Hand zu nehmen, mit ihm «ins Bett zu gehen». Aber da einen zu dieser Methode nur die wirklich großen Autoren anregen, sieht man sich mit der Zeit nur von hervorragenden Büchern umgeben. Und man wird gemein, man kommt so weit, daß man ein neues Buch schon beim Aufschlagen einer einzigen Seite durchschaut und sich seiner gegebenenfalls sofort entledigt. Wenn das Buch dagegen überzeugt, läßt man es eine Zeitlang immer in Reichweite, auf dem Schreibtisch oder auf dem Nachtkästchen, denn schon sein bloßer Anblick bereitet einem Freude, und man muß auch keine Angst haben, zu schnell mit ihm fertig zu werden: Tatsächlich ist es das Ziel dieser Bücher, wiedergelesen zu werden, sich wieder in die Hand nehmen zu lassen, wenn alles schiefgeht, wenn wir das Gefühl haben, daß die Wahrheit nicht in dem liegen kann, was um uns herum geschieht, sondern in dem, was auf den Seiten eines Buches steht.

Alle großen Bücher sind so gelesen worden und werden weiter so gelesen. Genauer gesagt geht es nicht darum, sie zu lesen, sondern sie zu bewohnen, sie hautnah zu fühlen. Wenn man ihre Anzahl überschlägt, findet jeder, daß sich die seinen auf etwa hundert beschränken, großzügig gerechnet. Und viele von ihnen haben Jahre um Jahre gewartet, ehe sie wieder hervorgeholt wurden, an einem Tag, an dem uns das Leben besonders zuwider war. Aber genau darin liegt ihre Stärke.

*

Heute fange ich an zu glauben, daß das ganze Geheimnis darin besteht, sich irgendein Buch fürs Alter zum Lesen aufzuheben. Vielleicht werde ich Montaigne lesen oder Pascal oder Dante. Und ich kann mich eines Lächelns nicht erwehren bei dem Gedanken, daß ich zum Schluß womöglich nur noch die Zeitungen lesen werde.

*

Faust sitzt in seinem Studierzimmer und sieht die Korrekturfahnen des ersten Bandes seiner Sämtlichen Werke durch. Erfaßt vom Ekel vor seiner eigenen eitlen Wissenschaft, flüchtet er sich wieder in die wohlbekannten nostalgischen Sehnsüchte: die Liebe, die Jugend. Er beschwört den Fürsten der Unterwelt herauf; dieser erscheint, und Faust schlägt ihm den Handel vor, den wir alle kennen. Mephistopheles, der ganz so aussieht, als sei er bloß herbeigestürzt, um seinen Verdacht bestätigt zu finden, lächelt freundlich und bittet um Entschuldigung: Gern gäbe er Faust im Tausch für dessen Seele jene Jahre zurück, die die Erinnerung rosa färbt. Aber heutzutage wollten sich alle für viel weniger der Verdammnis anheimgeben, ohne Unterpfand, der eine aus purer Neugier, der andere aus Langeweile. Er, Mephistopheles, sehe sich daher gezwungen, sehr viele Angebote zurückzuweisen, in Anbetracht jenes Gesetzes, nach dem die Dinge, die im Überfluß vorhanden sind, ihren Wert verlieren. Wenn er all die Seelen annehmen wollte! Faust, ironisch und irritiert: «Dann werde ich mich also um jeden Preis gerettet sehen müssen?» Mephistopheles erwidert mit der Unerbittlichkeit eines Bankiers: «Nein, Exzellenz, Sie werden lediglich umsonst verloren sein, das ist alles.» Faust verlegt sich aufs Jammern und fleht: «Und meine Jahre, die Liebe, das Leben?» Mephistopheles, ziemlich eisig: «Flüchtige Augenblicke, Exzellenz.» Dann, während er sich bückt, um wieder durch das Loch im Fußboden hinabzusteigen, fügt er noch streng hinzu: «Kehren Sie lieber wieder zu Ihren Druckfahnen zurück, und korrigieren Sie gründlich; es gibt nichts Schlimmeres als ein Buch mit Druckfehlern!»

*

Ein Buch träumt. Das Buch ist der einzige unbelebte Gegenstand, der Träume haben kann.

Meine ersten Lektüren

Das Buch, das mich als etwa Elfjährigen am meisten beeindruckt hat, war ebenjenes, das mir mein Vater um die Ohren schlug, weil ich ständig darin las und darüber die anderen Schulfächer vernachlässigte, vor allem die Mathematik. Es war das Lesebuch *Fior da fiore* von Lipparini, mein einziger Ausflug in eine unbekannte literarische Welt, die mich schon damals faszinierte. Später, mit zwölf, kam es durch reinen Zufall (und in einer ordentlichen Übersetzung) zur glücklichen Begegnung mit E. A. Poe, den Gedichten und den Erzählungen, vor allem aber dem *Raben*, der mich völlig umwarf. Bei Poe bewundere ich nach wie vor die äußerste Schlichtheit im Erzählen «außergewöhnlicher Begebenheiten», eine Schlichtheit, an die ich mich, wie an eine Mahnung, zu erinnern suche, wenn ich selbst schreibe. Und dann den Humor, die gelungene Argumentation, die geniale Verzweiflung, die poetische «Wette» des *Raben* oder der *Glocken,* konstruiert wie ein Spiel aus Intelligenz und frenetischem Rhythmus, das die Kraft des Genies in reiner Poesie aufgehen zu lassen vermag.

Eine andere, immer noch zufällige, Lektüre, die mich gegen Ende zu, nach dem Selbstmord der Protagonistin, packte, war *Madame Bovary.* Immer wieder einmal lese ich das Kapitel über die Einsamkeit und den Tod des Charles Bovary. Mit etwa vierzehn schließlich entdeckte ich Salgari, Verne und Baudelaire.

*

Die Kunst ist eine Kapitalanlage, die Kultur ein Alibi.

Ein Symposium

Einen schönen Vormittag verbracht, bei dem Symposium zur Förderung der Literatur. Es ist ein Symposium, das die Filmleute veranstalten, ein Versuch, die Krise des Buches zu überwinden. Alle sind da. Feststimmung, attraktive Schauspielerinnen, die, fernab der Leinwand und unter Männern, die sich zum Diskutieren versammelt haben, diesen schüchternen und häuslichen Ausdruck annehmen, der mich rührt. Ich sehe viele Regisseure, viele Produzenten, keinen Schriftsteller. Wie das? Stolz? Doch, ein einziger ist da, man zeigt ihn mir: Er hält sich etwas abseits auf dem Podium und lächelt freundlich ins Leere, wenn einer kommt, um ihm auf die Schulter zu klopfen und zu sagen: «Nur Mut, wir sind ja da, das Buch darf nicht sterben.»

Der Präsident begrüßt die Versammlung, verliest einige Telegramme, erinnert an das

Symposium über die Beziehung zwischen Literatur und Film, das vor einigen Jahren die Schriftsteller veranstaltet hatten, um die Krise des Kinos zu überwinden. Dankbarer Applaus. Dann erhebt sich ein Produzent, um zu sprechen, ein gewisser Massaciuccoli. Ein riesiger Mann, leutselig und temperamentvoll. Er beginnt damit, daß er sagt, die Krise des Buches sei unbestreitbar ernst, aber nicht zum Verzweifeln; er wolle es anderen überlassen, über technische Aspekte zu diskutieren, er beschränke sich darauf, zu bemerken, daß der Buchhandel in der Krise sei, «weil er es nicht versteht, seine Erfolge auszubauen».

Man fragt ihn, was er damit sagen wolle, und nun bringt er ein Beispiel: Vor einem Monat, als er wegen eines verstauchten Knöchels zur Ruhe gezwungen gewesen sei, habe er ein Buch gelesen. «Jawohl, meine Herrschaften», präzisiert er sofort, angesichts erkennbarer Bestürzung des Publikums, «ich habe ein Buch gelesen, und ich kann Ihnen auch den Titel sagen: *Die Verlobten*.» Das Publikum applaudiert, und Massaciuccoli fährt fort: «Sie sehen also, daß ich nichts erfinde.» Dann ergeht er sich in einer Beschreibung des Buches und lobt den Autor, der, seiner Ansicht nach, viel Talent beweise. Er, Massaciuccoli, würde sich freuen, diesen Manzoni kennenzulernen und ihm die Hand zu drücken. Aus den hintersten Reihen ruft jemand: «Der ist tot!» Aber der Redner, der Spaß versteht, lächelt nur. «Ich würde ihm

8 1940. In einer Kunstgalerie.

gern die Hand drücken, aber ich würde ihn auch gern fragen, warum er den Erfolg seines Buches, der sehr groß sein soll, nicht ausgebaut hat. Nur das möchte ich ihn fragen. Und wissen Sie auch, warum?»

Das Publikum schweigt und wartet. Massaciuccoli spricht weiter: «Weil ich, meine Herrschaften, nachdem ich dieses Buch gelesen hatte, in eine Buchhandlung gegangen bin (Gemurmel) und zum Buchhändler gesagt habe: ‹Geben Sie mir die Fortsetzung.› Nun, was glauben Sie, was der Buchhändler getan hat? Meinen Sie, er hätte mir die Fortsetzung gegeben? Nein, er hat mir gesagt, von dem Roman gebe es keine Fortsetzung. Ich habe ihn gefragt, warum. Er hat mir geantwortet: ‹Fragen Sie das den Manzoni.›»

Massaciuccoli schweigt, richtet den Blick zur Decke und fährt dann scheinheilig fort: «Also, ich frage Sie: Man schreibt ein Buch, man druckt es, man merkt, daß es ankommt, daß es gefällt, daß es Erfolg hat – und damit ist alles aus? Aber das ist doch Selbstmord ... Ich wundere mich nicht mehr über die Krise des Buches, ich finde sie vielmehr verdient. Ja, ich bin überzeugt, daß ich von vielen anderen Büchern, wenn ich sie gelesen hätte, jetzt beim Buchhändler ebenfalls vergeblich nach der Fortsetzung fragen würde. Ich bin überzeugt, daß sich Tausende und Abertausende von Büchern immer noch auf ihren ersten Lorbeeren ausruhen, unproduktiv, inaktiv, ein für allemal zu Ende und ohne Fortsetzung.»

Massaciuccoli wirkt ruhig; plötzlich schlägt er mit der Faust auf den Tisch und schreit: «Was haben denn wir gemacht, als die Krise des Films uns zugesetzt hat? Haben wir etwa nicht die Fortsetzungen unserer Erfolgsfilme gebracht, zehn-, zwanzig-, hundertmal?»

Hier bricht Beifall los. Massaciuccoli wartet, bis er abflaut, und fügt dann hinzu: «Hin und wieder haben wir sogar übertrieben.» (Zwischenrufe: «Nein! Nein!») «Doch, wir haben übertrieben, aber es geht ums Prinzip: Wiederholung und Ausbau des Erfolgs!»

Erneuter Beifall. Massaciuccoli ist ruhig, er steuert den absoluten Sieg an: «Kehren wir zu unseren *Verlobten* zurück. Ich sage zum Buchhändler: ‹Also keine Fortsetzung?› Und der Buchhändler sieht mich an und sagt: ‹Nein, keine Fortsetzung.› Er scheint sogar überrascht, daß ich nachhake. ‹Also›, sage ich, ‹wir haben großartige Figuren, eine schöner als die andere – und keine Fortsetzung? Wir haben die unvergeßlichen Figuren des anmaßenden ..., des Don Rodriguez, wir haben den Pfarrer, den Mönch, den Kardinal, den Unnennbaren und die Nonne – und keine Fortsetzung? Dabei könnte ich allein über die Nonne ein ganzes Buch schreiben, wenn ich Zeit hätte – und Sie sagen mir: ‹Keine Fortsetzung›!»

Wieder Applaus. Massaciuccoli breitet die Arme aus und schließt bewegt: «Ich will nicht insistieren. Erinnern wir jedoch unsere Schriftsteller-Freunde daran, daß der einmalige Erfolg nicht genügt, die Zauberblume in der Wüste, man muß die Ideen immer aufs neue ausbauen und aus der Wüste einen Garten machen: einen Garten der Hoffnung.»

Tosender Beifall. Als wieder Ruhe eingekehrt ist, meldet sich der Regisseur Crestini zu Wort. Er spricht gewandt und leidenschaftlich. Er beginnt mit dem Hinweis, daß sich seiner Ansicht nach das Publikum heute vom Buch abwende, weil es dem Buch an Ideen mangle. Nach dem ersten Applaus fährt er fort: «Viele von uns dagegen haben Ideen für Bücher in der Schublade, weil die Literatur für uns immer etwas Lebendiges und Interessantes war. Aber was können wir mit diesen Ideen anfangen?»

Seine Frage bleibt unbeantwortet, und so fährt er fort: «Wir lassen sie ruhen. Ich persönlich habe meine Ideen Schriftstellern angeboten, die sich der größten Beliebtheit erfreuen.» (Zwischenrufe: «Die Namen!») «Nein, die Namen werde ich Ihnen nicht sagen. Ich habe meine Ideen in aller Bescheidenheit angeboten: die Idee zu einem Roman, der im Po-Delta spielt, die Idee zu einem Roman, der in einem Überlandwerk spielt, die Idee zu einem Roman, der in einer Besserungsanstalt für Mädchen spielt: Und jedesmal erhielt ich eine höfliche Absage. Höflich, aber eindeutig.»

Nachdem sich das Gemurmel im Saal gelegt hat, nimmt Crestini den Faden wieder auf: «Und ich erspare Ihnen die Ausreden: Der Verleger will nicht. – Das Thema erfordert langwierige Recherchen. – Es würde mich reizen, aber ich bin nicht frei. – Der Leser ist dafür noch nicht reif.› Ein Schriftsteller hat mir geantwortet: ‹Aber ist das Po-Delta nicht überschwemmt?› Also, was beweist uns dieser Zynismus? Daß die Schriftsteller in ihrer Krise stecken, weil sie Angst vor dem Neuen haben, vor der Realität, vor unseren Ideen und auch vor dem großen Geld.»

Eine Stimme ruft: «Die sind alle reich!» Crestini lächelt und fährt fort: «Nun, ich sage den Schriftstellern in bester Absicht: Warum schreibt ihr von hundert Büchern nicht wenigstens zwanzig unter rein finanziellen Gesichtspunkten? Warum greift ihr unsere Ideen nicht auf, über die Inseln, die Strände, die Salinen, die Reisfelder, den Tourismus, die Überschwemmungen, die lieben Kinder, die lebenslustigen Pfarrer, die blühenden jungen Mädchen, die Rückkehr zur Erde und die erste Liebe in der Vorstadt? Zwanzig solcher Ideen jedes Jahr würden genügen, um den Leser aufzurütteln, um dem Buch wieder sein Gewicht, seinen Ruf und seine Würde zu verleihen.»

Applaus. Crestini verbeugt sich und schließt: «Wir sind hier, Schriftsteller-Freunde! Fragt uns nach unseren Ideen, wir werden sie euch nicht vorenthalten.»

Nach Crestini erhebt sich, in der bereits angeheizten Stimmung, der einzige anwesende Schriftsteller, ein gewisser Forletti. Er wirkt schüchtern, aber sympathisch. Er ist ein unveröffentlichter Autor. Immer noch lächelnd, fast als wolle er sich für die Abwesenheit seiner bedeutenderen Kollegen entschuldigen, sagt er: «Freunde, vielmehr: Brüder!» (Beifall) «Ich wünsche mir, daß die Literatur auf eure Worte hört. Ich für mein Teil, seit langem bar aller Ideen, bin bereit, jede Idee, die ihr mir vorschlagen wollt, aufzugreifen.» (Zwischenrufe: «Bravo!») «Ich muß euch nur darauf aufmerksam machen, daß … daß … daß ich nicht schreiben kann.»

Die Enttäuschung der Versammlung war äußerst lebhaft. Es folgte ein Bankett.

*

Wenn irgend jemand zu mir sagt: «Ich habe eine Idee» und darauf besteht, sie mir vorzutragen, dann weiß ich schon, worum es sich handelt: um eine Idee, die in ihrem Kokon bleiben wird. Alle haben Ideen, aber das Schwierige liegt gerade darin, sie zu zähmen, dadurch, daß man sich an den Schreibtisch setzt und die Panik vor dem leeren Blatt überwindet, die Gleichgültigkeit der Wörter, die sich nicht kooperativ zeigen wollen, die Plattheit der Sätze, die fix und fertig herauskommen, die Scheinheiligkeit der guten Lösungen. Oh, das Schwierige liegt nicht darin, das Ei des Kolumbus zum Stehen zu bringen, sondern es auszubrüten.

*

Er ist ein so schlechter Dichter, daß sieben Städte einander die Schmach vorwerfen, sein Geburtsort zu sein.

*

Er ist dermaßen eitel, daß er seinem eigenen Charme nicht widerstehen kann. Er ruiniert seine Gesundheit durch Selbstporträts.

*

Im Anfang war das Wort. Dann wurde das Wort unverständlich.

*

Der Professor empfängt mich am Schreibtisch sitzend, wo er so tut, als sähe er irgendwelche Notizen durch. Danach spricht er ins Diktaphon. Er ist kräftig, glücklich, aktiv. Sein Schreibtisch erinnert an den eines Filmproduzenten: riesengroß, mit einer Glasplatte bedeckt, die Gegenstände darauf sind unbenützbar und mit Leder überzogen, mit Ausnahme des Lampenschirms, der mit Seide überzogen ist. «Setzen Sie sich, Signor Pagliano», sagt der Professor freundlich zu mir. Warum denn Pagliano? (Vielleicht eine Reminiszenz an den gleichnamigen Hustensirup.) Ich setze mich hin, bereits bedrückt, und gehe im Geist sämtliche Verballhornungen meines Familiennamens durch: Fagliano, Floviano, Fragano, Fagiano. So entwickelt sich eine Sprache weiter, auf dem Weg über die vielfältigen Auslegungen der Wörter, sonst könnte aus Caesar Augusta nie Saragossa werden. Gut, der Professor fixiert mich jetzt schweigend, unter behutsamer Anwendung einer gütlichen Hypnose, er möchte mich zwingen, den Blick zu senken. Eine ähnliche Szene habe ich schon einmal gesehen, aber wo? Endlich spricht er: Er sei sich bewußt, daß er keinen gewöhnlichen Patienten vor sich habe, er wende sich an eine Person, die ihn verstehen könne. Er sagt, daß wir alle potentielle Kranke seien, auch er sei ein potentieller Kranker. Es krampfe sich ihm das Herz zusammen beim Gedanken an all die potentiellen Kranken, die herumlaufen und lachen und scherzen, essen und sich verlieben. Er zum Beispiel erkenne, «spüre» das Leiden auf einen Kilometer Entfernung: Und ich könne mir nicht vorstellen, wie viele Menschen ihr Leiden spazierenführten, ohne es zu wissen. Ich nikke, nachdenklich. Aber wo habe ich schon so etwas ähnliches gehört? Der Professor fixiert mich, seufzend.

Das Telefon unterbricht diese erste Szene. Am Telefon redet der Professor ganz ungeniert, ohne sich um mich zu kümmern; er redet von einer Großklinik, die er in seinem Heimatort errichten möchte, wo er die Zustimmung der örtlichen Ärzte suchen werde, die nicht umhin könnten, ihn zu unterstützen, denn, so fügt er hinzu, von seiner Unternehmung würde die ganze Region abhängen. Das läßt mich an meinen Heimatort denken. Dort unten gab es einmal einen Doktor, den alle verehrten, weil er seine Zeit damit zubrachte, die Armen zu kurieren; und es gab einen anderen Doktor – zufällig war das ein Vetter von mir –, der nur die Reichen kurieren wollte. Aber inzwischen ist viel Zeit vergangen. Der gute Arzt, der die Nacht am Bett des Kranken verbringt, um mit der Morgenröte auf den Eintritt der Krise zu warten, existiert nur noch in der Mythologie meiner Großmutter. Der gute Doktor, der einen Kaffee annahm und mit dem Kranken auch über andere Dinge als seine Krankheit redete, um ihn aufzuheitern, ist zur lächerlichen Figur gemacht worden: durch die Antibiotika, durch die Industrie, durch die Krankenkassen, durch unsere Eile, durch den Spezialisten, durch den Chirurgen, durch die Dichotomie, vor allem aber durch unseren Willen, krank zu werden, uns nicht gesund fühlen zu wollen, um uns den Verantwortlichkeiten gegenüber einer Welt zu entziehen, die uns sonst nichts zu bieten hat.

Jetzt richtet der Professor das Wort wieder an mich: «Ich habe Ihre Bücher gelesen, Signor Pagliano, ich kenne Ihre Arbeit, mein Kompliment. Also, Pagliano, wo fehlt's?» Ich schaue ihn an, ohne zu antworten, in der Versuchung zu lachen. Die Tatsache, daß er sich darauf versteift, mich Pagliano zu nennen, obwohl ich ihn auf seinen Irrtum aufmerksam gemacht habe, vermittelt mir auf seltsame Weise die Gewißheit, ein anderer zu sein und mich ausgezeichnet zu fühlen. Ich habe nur den einen Wunsch, wieder zu gehen. Dennoch, aus Schüchternheit, sage ich etwas von einer Kontrolluntersuchung. «Eine große Generaluntersuchung», sagt der Professor und kneift die Augen zusammen, wie überwältigt von dem Ausmaß, das sich ihm bietet. Sein Benehmen ändert sich. Von diesem Augenblick an bin ich ein verlorener Mann, er behandelt mich so vorsichtig wie einen Gegenstand, der beim Umzug nicht kaputtgehen darf. Schon finde ich mich auf einer Liege ausgestreckt, allein und halbnackt, in einem anderen Raum. Eine Krankenschwester kommt herein, schaut mich an und sagt: «Es regnet.» Es ist eine trübselige und etwas häßliche Krankenschwester, die das Sakrale der Zeremonie beeinträchtigt, ihre sentimentalen Kümmernisse einschleppt. So verbringe ich eine Viertelstunde. Ist diese Einsamkeit Teil der Zeremonie? Muß der Patient mit seinen Ängsten allein gelassen werden, in der Erwartung eines technischen Rituals? Das glänzende Aluminium der Deckenlampe spiegelt mein verzerrtes Abbild wider. Die Liege ist kalt, der Regen prasselt in den Hof. Unsere Zeit steht unter dem Zeichen Kafkas. Kafka war ein krankes Genie und hat seine Ängste den gesunden Menschen offeriert, die damit Mißbrauch getrieben haben: so wie der junge Werther den «modernen» Selbstmord begründete, die bloße Verweigerung der Existenz, und ihn damit für jeden Geldbeutel erschwinglich machte. Ach, gebt mir einen siegreichen Helden, gebt mir Herkules, der die Alkestis aus den Händen des

Todes reißt, allein mit der Kraft seiner Arme. Gebt mir den Pickwick Club!

Nichts. Das Zimmer ist kalt, schlecht erleuchtet, von oben. Dunkelheit am Mittag, die politische Schuld, die Schuld, daß wir freie Menschen sind. Wir sind reif für das Eintreten des Polizisten, der will, daß ich alles gestehe, und ich denke, daß es keinen Zweck hätte, das Martyrium zu verlängern, bloß um die Wahrheit zu sagen, ich müßte alles, was mir unterstellt wird, zugeben. «Sie sind ein betrügerischer Kranker.» «Ich bin bereit, das zu unterschreiben.» Aber der Polizist läßt auf sich warten. Statt dessen kommt der Professor mit seinen Assistenten herein. Sie entschlüsseln meine Herzschläge, ein langer Papierstreifen, den alle kritisch betrachten, schweigend, voll Sorge, enttäuscht zu werden. Ein anderer Assistent kommt, um mir ein wenig Blut abzunehmen. Um mich dazu zu bringen, daß ich die Hand öffne und schließe, damit die Vene am Arm anschwellen kann, bedient er sich eines alten Scherzes: «Machen Sie winke, winke zum Herrn Professor.» Ich mache «winke, winke» und denke dabei, daß auch ich mein Körnchen Weihrauch auf den Altar der Allgemeinen Überredung streue, der einzigen Gottheit, die heute verehrt wird. Ich muß etwas Provokantes an mir haben, denn meine Reaktionen sind mittelmäßig, die eines eingebildeten Gesunden. Der Professor wird ernst. Er betrachtet mich lange, horcht mich ab und klopft mit eiskalten

Fingern und Hämmern an mir herum. Nichts. Er gibt nicht auf. Knok... knok... kafk... kafka... Ach was, Kafka, der Doktor Knock! *Knock, ou le triomphe de la médecine.* III. Akt, 6. Szene: «*Ce que je n'aime pas, c'est que la santé prenne des airs de provocation ...*»

*

Hochverehrter Herr Professor! Als Anlage zu diesem Brief finden Sie einen Scheck über 50.000 Lire, die ich mir Ihnen zur Begleichung Ihres Honorars zu übersenden erlaube. Indem ich Ihnen für Ihre gewissenhafte Behandlung danke, die mir ungemein hilfreich war, um meine bedauerliche nervliche Erschöpfung zu überwinden, bleibe ich stets Ihr dankbarer und ergebenster Napoleon IV.

*

Wenn ein Autor stirbt, sind seine Bücher und seine Frau nicht mehr interessant – für eine Weile.

*

Grabinschrift

Hier ruht
Ennio Flaiano
inmitten des gesammelten Materials
für seinen unveröffentlichten Roman
Die Erinnerungen eines Tages
dauern nicht länger

9 In einer Mailänder Buchhandlung (1970)

10/11 Auf der Via Veneto, Anfang der sechziger Jahre.

Blätter von der Via Veneto

I

Diese zu verschiedenen Zeiten niedergeschriebenen Notizen folgen hier keiner chronologischen Ordnung. Was ich in der Erinnerung festhalten wollte, sind eine Straße, ein Film, ein alter Poet: recht unterschiedliche Dinge, die sich wenig deutlich miteinander vermischen, nicht nur im Gedächtnis, sondern auch in einem Tagebuch. Die Zeitsprünge haben deshalb ihren Grund.

Juni 1958

Ich bin, zusammen mit Fellini und Tullio Pinelli, gerade dabei, eine alte Filmidee von uns wiederauszugraben: die Geschichte eines jungen Mannes aus der Provinz, der nach Rom kommt, um Journalist zu werden. Fellini möchte sie der heutigen Zeit anpassen, ein Bild dieser «Café-Gesellschaft» zeichnen, die sich zwischen Erotik, Entfremdung, Langeweile und plötzlichem Wohlstand austobt. Es ist eine Gesellschaft, die nach dem Schrecken des Kalten Krieges, und vielleicht gerade als Reaktion darauf, mehr oder weniger überall aufblüht. Aber hier in Rom zeigt sie – angesichts einer Mischung aus Heiligem und Profanem, Altem und Neuem, des massiven Zustroms von Ausländern, der Filmindustrie – aggressivere, subtropische Züge. Unser Film soll den Titel *La dolce vita* bekommen, und wir haben noch keine Zeile davon geschrieben; wir machen uns vage Notizen und laufen herum, um die Schauplätze in unserer Erinnerung aufzufrischen. In jüngster Zeit ist Rom ausgeufert, entstellt, reich geworden. Die Skandale entladen sich hier mit der Gewalt von Sommergewittern, die Menschen leben im Freien, beschnüffeln einander, beäugen sich, fallen in die Lokale ein, in die Kinos, überfluten die Straßen, parken ihre Autos auf ebenjenen Plätzen, deren architektonische Klarheit uns einst bezaubert hat und die jetzt wie Garagen aussehen.

Einer unserer Schauplätze wird auf jeden Fall die Via Veneto sein, die immer mehr zur eleganten Vergnügungsmeile wird; heute abend habe ich deswegen dort einen Spaziergang gemacht und versucht, sie mir mit nüchternen Augen anzusehen. Wie hat sie sich seit 1950 verändert, als ich jeden Morgen zu Fuß, über die Villa Borghese, dorthin kam und in der Buchhandlung Rossetti Station machte, wo ich Napolitano, Bartoli, Saffi, Brancati, Maccari und den Dichter Cardarelli traf. Die Luft war klar, der Verkehr ruhig (Brancati kam mit dem Fahrrad), aus der Bäckerei strömte der Duft von frischen Brioches, es herrschte ein fröhliches, kleinstädtisches Leben und Treiben, Journalisten und Schriftsteller tranken ihren Aperitif, die Maler lauerten nicht auf Händler, die Leute hatten es noch nicht so eilig. Beim Friseur traf ich Mario Soldati, der mir mitzuteilen pflegte: «Ich schreibe an einem Roman.»

Wie sehr kann sich eine Straße verändern! Jetzt, wo der Sommer kommt, springt es in die Augen, daß das keine Straße mehr ist, sondern ein Strand. Die Cafés, die auf die Gehsteige überschwappen – wie viele sind es, sechs, sieben? –, haben jeweils eine andere Art von Sonnenschirmen für ihre Tische, wie die Bade-Etablissements in Ostia: Und es sind keine Sonnenschirme für die Straße, sondern für ein galantes Fest. Einige haben Troddeln und Strohgirlanden, wie auf den Hawaii-Inseln, andere lassen an den Offenbach von *La vie parisienne* denken, an die Weltausstellung, an den Fortschritt der Völker; auf jedem Tisch stehen kleine Fähnchen der am Fest teilnehmenden Nationen. Die Autos bewegen sich wie die Gondeln im Theater, in kurzen Rucken, und das Publikum genießt die frische Luft und wandelt auf und ab mit der Trägheit von Algen und der gespielten Nonchalance von Choristen.

Unser Schicksal liegt also immer noch auf dem Meer. Wir hängen so an dieser Vorstellung, daß wir sie uns ganz zu eigen machen, auf die einzige für unsere Bequemlichkeit akzeptable Weise: indem wir die Straßen in Badestrände verwandeln, einen Strand-Stil entwikkeln für die Wohnungen, für die Autos, für die Kleidung und schließlich für die Städter, die so aussehen – und im Innersten auch so sind –, als wären sie lediglich Badegäste.

Auch die Unterhaltungen sind wie am Strand, kunterbunt und albern und ausschließlich auf eine gastro-sexuelle Realität bezogen. Es fehlt nur noch, daß man sich naßspritzt oder Ball spielt.

Dezember 1961

Inzwischen ist es schwierig, auf die Via Veneto zu kommen; und es bringt auch nichts mehr, es ist, als wäre man in einer anderen Stadt. Einen Kilometer im Umkreis findet sich kein Platz, wo man das Auto lassen könnte. Ich schlage mich zu Fuß durch und zähle vier Weihnachtsbäume. Die Glückwünsche sind auf englisch geschrieben. In den Schaufenstern wird der Schnee – der, wenn er hier fällt, die Stadt für eine Woche lahmlegt – durch Watteflocken auf den ausgestellten Waren herabbeschworen. Einen Meter große Stofftiere bevölkern die Cafés und die Konditoreien: Es ist der amerikanische Anthropomorphismus, der sich bei der Mittelschicht durchsetzt, mit seinen Tieren als Freunden des Menschen und selber vermenschlicht: Rehe, Hirschkälber, Mäuse mit Schürzchen, Katzen-Sheriffs, Zwerge. Als ich aus dem Tabakladen komme, läßt mich ein seltsamer Anblick überrascht stehenbleiben. Vor dem Café de

Paris steht ein Mädchen, das sich einen Hut in Form eines Weihnachtsbaums auf den Kopf gesetzt hat; mit einem Schalter, den es in der Manteltasche trägt, knipst es die bunten Lämpchen an und aus. Armes Mädchen, es schmollt, enttäuscht, wie manche Kinder, die beim Kindermaskenball plötzlich zu weinen anfangen. Und die Fotografen, die Tag und Nacht vor dem Café biwakieren, betrachten sie mit einer Mischung aus Mitleid und Ärger. Vielleicht wenn zufällig irgendein berühmter Schauspieler vorbeikäme, oder gar Fellini, ließe sich noch etwas machen. «Ich weiß nicht», sagt ein Fotograf zu mir, «wenn irgend jemand ihr eine Ohrfeige verpassen würde ... Wenn es nicht dramatisch ist, dann nehmen sie das Foto nicht.»

Das Mädchen hat den Ozean überquert, um im Klima des Süßen Lebens eine Schauspielkarriere zu starten, und jetzt knipst es seine Lämpchen an und aus. Warum findet sein Einfall keinen Anklang? Was will das Publikum? Nichts?

April 1952

Der Dichter Cardarelli erscheint jeden Morgen, um sich auf dem einzigen Sessel der Buchhandlung Rossetti niederzulassen, und behindert mit seinen Bemerkungen und mehr noch durch sein düsteres Schweigen, das die Kunden in Verlegenheit bringt, das Geschäft nicht unbeträchtlich. Rossetti scheint das nichts auszumachen, ja er amüsiert sich darüber. Gestern ist eine junge Schriftstellerin in den Laden gekommen und hat angefangen, in einem Stoß Bücher herumzuwühlen, wobei sie Kommentare von sich gab, die ein wenig ihre Nervosität verrieten, aber auch den Wunsch, sich dem Dichter bemerkbar zu machen. Sie nahm Goethes Werke, erschienen bei Sansoni, in die Hand und murmelte: «Mein Gott, immer noch Goethe, wie langweilig!» Cardarelli, der zu schlafen schien, sagte in die plötzliche Stille hinein wie zu sich selbst: «Signora, Sie verwechseln ihn womöglich mit Golden Gate» (das ist eine Konditorei in derselben Straße). Heute kam, in freudiger Erregung, eine andere Dame herein und fragte Rossetti: «Haben Sie *Le diable au corps*? Wissen Sie, ich habe den Film gesehen, und jetzt möchte ich auch das Buch lesen.» Und Cardarelli, überrascht: «Was für eine intensive intellektuelle Aktivität, Signora!» Dann erschien ein junger Dichter, der ihn unter tausend Höflichkeiten um eine Empfehlung für eine bestimmte Zeitschrift bat, damit seine Gedichte dort gedruckt würden. Und er überreichte ihm eines, um ihn davon zu überzeugen, daß es sich nicht um Belanglosigkeiten handle. Cardarelli holte die Brille aus der Tiefe seines Mantels, setzte sie auf und las das Gedicht, stirnrunzelnd, wie bei der Lektüre eines Telegramms. Schließlich: «Aber das taugt doch höchstens für die ‹Fiera Letteraria›.» Dann, als ihm einfiel, daß der Direktor der ‹Fiera Letteraria› ja er selbst war, fing er an, leise vor sich hin zu lachen, bis sein rechtes Auge zu tränen begann.

12 1940. In der Buchhandlung Rosetti mit (v.l.) Moravia, dem Besitzer und Ungaretti (der Herr im Hintergrund scheint ein gewöhnlicher Kunde zu sein).

Juni 1958

In einer der ersten Szenen des Films soll der junge Mann aus der Provinz zu Fuß die Via Veneto hinaufgehen, ohne einen Pfennig in der Tasche, aber fasziniert von der Menschenmenge, in die er seine Hoffnung setzt. Denn in seiner Aufwallung von Dankbarkeit gegenüber der eroberten Stadt glaubt der Protagonist, diese Menge sei eine Garantie für Leben, für Liebe und auch eine Voraussetzung für Freiheit. Fröhliche Gesichter, lachende Münder, Luxus, Eleganz, Nonchalance, eine Frau, die ihn anblickt und lächelt. Und die Cafés, wo auch er einen Freund finden wird, jemanden, der ihm eine Arbeit verspricht, ihm Geld borgt.

Die Wirklichkeit ist, in gewisser Hinsicht, besser: abkühlender. Die Cafés der Straße sind alle frisch renoviert, und zwar so auffällig, daß man sofort an ihre winterliche Einsamkeit denkt, wenn sie – sobald die schöne Jahreszeit vorbei ist – ihre Fröhlichkeit ungenutzt verströmen und nur noch Melancholie hervorrufen, wie ein Rummelplatz im Regen. Die schlechten Ausstatter wissen unsere Gier nach Pompösem vorzüglich umzusetzen, und das Café – altes Bollwerk der Bourgeoisie – ist zur Ausstellung für den Möbelfabrikanten geworden. Verschwunden sind die Leder- und Plüschsofas, die Spiegel, die die Perspektiven vervielfachten, die schwerhörigen und verehrungswürdigen Kellner und die Marmortische, auf die man zeichnen konnte. Jetzt sehen die

Cafés aus wie Alkoven, Pagoden, Kurpavillons, Familiengräber.

April 1952

Die Dinge kommen allmählich herunter, man ist dabei, die Rabatten an der Via Veneto neu anzulegen und mit einer dicken Betoneinfassung zu versehen. So, wie sie bisher waren, gefallen sie nicht mehr. Mino Maccari zeigt sich darüber entrüstet, und er versucht, sich für einen Minister auszugeben, während er mit den Gärtnern spricht, um sie zur Einstellung ihrer Arbeit zu überreden. Es gelingt ihm nicht. Daraufhin schlägt er mir vor, gemeinsam eine Zeitung zu gründen, die wir *Der Unsympathische* oder *Der illustrierte Trottel* taufen könnten. Wir setzen uns. Er verfällt unvermittelt in bedrücktes Schweigen, wobei er aussieht, als wolle er wer weiß was für bedeutende Dinge verkünden; dann fängt er plötzlich zu lachen an. «Heute nacht habe ich lange über mich nachgedacht und versucht, der Philosophie meines Lebens auf die Spur zu kommen. Alles, was mir schließlich über mich aufgegangen ist, habe ich auf diesen Zettel geschrieben. Da, lies!»

Auf dem Blatt stand: «1) Ich weiß nicht, gegen wen ich glauben soll. 2) Ich habe wenige Ideen, aber konfuse. 3) Ich suchte einen Posten und fand eine Arbeit. 4) Ich habe eine Familie, um mich erhalten zu lassen. 5) Ich habe große Mühe, zu begreifen, aber zum Schluß begreife ich nichts.»

Juni 1958

Wir haben also beschlossen, daß der junge Mann aus der Provinz zu Beginn des Films in einen Nachtclub geht. Er hat es bereits zu etwas gebracht, verdient gut, ist einer jener Journalisten, wie sie die sensationslüsterne Gesellschaft hervorbringt, das heißt, er berichtet über die Skandale, die Verrücktheiten der anderen. Er hat sich von derselben Schicht vereinnahmen lassen, die er verachtet, er gefällt sich darin, seine früheren Ideale aufgegeben zu haben, die ihm jetzt nicht nur anstrengend, sondern auch unnütz erscheinen.

Gegen Mitternacht fällt das Kinopublikum ein, und an einigen Tischen redet man über den Film: das einzige Thema, neben den Automarken, bei dem sich ein Unterschied an Meinungen und Geschmäckern entdecken läßt. Gegen drei Uhr morgens ist alles vorbei, unter den Sonnenschirmen bleibt es leer, man begegnet den letzten Freunden (fast immer De Feo, manchmal Carlo Levi mit seiner wohlwollenden Landarztmiene) und landet vor dem Zeitungskiosk, dem einzigen ruhigen Hafen für unseren nächtlichen Wahnsinn, dem riesigen Kiosk voller Bücher und Zeitungen, der immer offen hat – wie ein Leuchtturm in der Nacht. Man blickt prüfend zum Himmel, um herauszufinden, ob es ein schöner Tag wird. Am Ende meines Spaziergangs habe ich am Gehsteigrand eine Muschel gefunden.

Juli 1959

An einem Tisch bei Rosati habe ich, anläßlich dieses flüchtigen Einander-vorgestellt-Werdens, bei dem man nichts versteht, aber lächelt, eine amerikanische Dame kennengelernt, dürr, braungebrannt, sportlich, mit etwas Käferhaftem im Blick und im grünlich schillernden Kleid. Diese Empfindung verstärkte sich noch, als der Freund mir – in jenem ernsthaften Ton, der gewisse Klatschgeschichten mildert – erzählte, daß die Dame jedes Jahr ihre Sex-Ferien in Frankreich und Italien verbringe, drei Monate lang, mit völligem Einverständnis des Gatten. Offenbar hat ihr das ihr Psychoanalytiker verordnet. So sucht sie sich also ihre Männer aus, in dem Glauben zu genesen.

In ihrer Handtasche hat sie einen kleinen Fotoapparat, und damit hält sie vorher oder nachher ihre Objekte fest, bevorzugt nackt. Sie sammelt Belege, so gut sie kann. Inzwischen hat sie ein ganzes Archiv, das ihr vielleicht hilft, die Öde der Wintermonate zu vertreiben, in denen die Kur unterbrochen wird. Aber ich denke, daß dieses Archiv den Tribut darstellt, den sie an den modernen Kult entrichtet, der aus jedem Touristen einen Fotografen macht, darauf versessen, Zeugnisse seines eigenen Lebens zu sammeln (um sicher zu sein, gelebt zu haben).

Juni 1958

Eine unmanierliche Gesellschaft, die ihre kalte Lebenslust mehr dadurch zum Ausdruck bringt, daß sie sich zur Schau stellt, als daß sie wirklich das Leben genießt, verdient zudringliche Fotografen. Die Via Veneto ist überschwemmt von solchen Fotografen. In unserem Film wird es auch so einen geben, als unzertrennlichen Gefährten des Protagonisten. Fellini hat diese Figur genau im Kopf, er kennt das Vorbild dazu: den Reporter einer Agentur, von dem er mir eine ziemlich schauerliche Geschichte erzählte. Dieser Typ war zur Beerdigung eines Unfallopfers geschickt worden, um die weinende Witwe zu fotografieren; doch durch irgendeine Nachlässigkeit kam Licht in den Film, und die Fotos wurden nichts. Der Direktor der Agentur sagte zu ihm: «Laß dir was einfallen. In zwei Stunden bringst du mir die weinende Witwe, oder du bist entlassen und ich verklage dich auch noch auf Schadensersatz.» Unser Reporter stürzt also zur Wohnung der Witwe und trifft sie, gerade vom Friedhof zurückgekehrt, noch in Trauerkleidung und von einem Zimmer ins andere wandernd, an, betäubt von Schmerz und Erschöpfung. Um es kurz zu machen: Er sagt zur Witwe, wenn es ihm nicht gelinge, sie weinend zu fotografieren, verliere er seine Stelle und damit die Hoffnung zu heiraten, denn er habe sich vor kurzem verlobt. Die arme Frau will ihn hinauswerfen: Man kann sich vorstellen, wie wenig Lust sie verspürt, eine Komödie zu spielen, nachdem sie soviel echte Tränen geweint hat. Aber da liegt der Fotograf vor ihr auf den Knien, um sie zu beschwören, doch Güte walten zu lassen, ihn nicht zu ruinieren, nur eine Minute lang zu weinen oder auch bloß so zu tun, nur die Zeit für einen Schnappschuß! Es gelingt ihm. Die arme Witwe, einmal in der Schlinge des Mitleids gefangen, läßt sich weinend fotografieren: auf dem Ehebett, über den Schreibtisch des Gatten gebeugt, im Wohnzimmer, in der Küche.

Jetzt sollten wir diesem Fotografen einen exemplarischen Namen geben, denn der treffende Name hilft viel und ist ein Hinweis darauf, daß die Figur «leben» wird. Diese semantischen Affinitäten zwischen den Figuren und ihren Namen brachten Flaubert zur Verzweiflung, der zwei Jahre brauchte, um den Vornamen der Madame Bovary zu finden: Emma. Für diesen Fotografen fällt uns zunächst nichts ein: Bis wir durch Zufall das unschätzbare Büchlein von George Gissing mit dem Titel *By the Ionian Sea* aufschlagen und einen köstlichen Namen finden: «Paparazzo». Der Fotograf wird Paparazzo heißen. Er wird nie wissen, daß er den ehrenwerten Namen eines Gastwirts aus Kalabrien trägt, von dem Gissing voll Dankbarkeit und Bewunderung spricht. Aber die Namen haben ihre Schicksale.

Mai 1952

Es mag seltsam erscheinen, daß sich Cardarelli die Via Veneto ausgesucht hat, um dort seine letzten Lebensjahre zu verbringen. Wenn es eine Straße gibt, die ihm nie gefallen haben kann, dann ist es genau die. In den ersten Zeiten unserer Freundschaft ging er nie weiter als bis zum Corso, zu den Straßen um die Piazza del Popolo und den Trattorien der Via del Gambero. Sein kühnstes abendliches Ziel war Tito Magri, ein toskanischer Weinhändler in der Via Capo le case, und jetzt ist er auf einmal in der Via Veneto, genauer gesagt in deren oberem Teil, in der Nähe der Porta Pinciana, mitten im Trubel der großen Hotels, unter den Pfiffen der Portiers, die die Taxis herbeirufen, zwischen den kleinen Filmschauspielern, die sich gerade den Bart wachsen lassen, weil sie in *Quo vadis?* mitspielen. Heute saß er in der Sonne und sah aus, als wäre er mit allem zufrieden, wie der alte Auswanderer, der zu Geld gekommen und in sein Heimatdorf zurückgekehrt ist. In Wirklichkeit kriegt Cardarelli gerade soviel zusammen, wie er braucht, um sich ein Pensionszimmer in dieser Straße und eine Art Krankenpfleger leisten zu können. Doch er lebt in der Überzeugung, reich zu sein. Was die Liebe zu seinem wirklichen Heimatort betrifft, so hat er sie ganz in seinen Büchern erschöpft, und es muß ihm herzlich wenig davon übriggeblieben sein. Er weiß, daß dies seine letzte Etappe ist.

Juli 1958

Ein alter Kleindarsteller kommt auf mich zu, der seit Jahren in dieser historisch-biblisch-mythologischen Wiedergeburt unseres Kinos von einem Film zum nächsten wechselt, ohne auch nur seine Maske zu tauschen. Er ist ein Weiser in Theben, ein Archont in Athen, ein Ratgeber am Hof der Pharaonen, ein Priester in Babylon. In Kreta ist er Wächter des Labyrinths, im Olymp ist er Saturn, in Galiläa ein Apostel. Er fragt mich, ob ich ihm etwas Geld leihen könnte. «Hast du denn keine Arbeit?» frage ich ihn. Er hebt bekümmert die Arme: «Ich soll einen Senator spielen, aber erst im September!»

Mai 1952

Cardarelli – ich erinnere mich, wie ich ihn gleich nach dem Krieg auf der Piazza Cavour getroffen habe, allein, verzweifelt wegen der so lang erduldeten Einsamkeit und glücklich, wieder nach Rom zurückgekommen zu sein, genau an diesem Tag. Er zählte auf die Hilfe von ein paar Freunden, vor allem von Velso Mucci, der gerade an einem Aufsatz für die neue Ausgabe der *Prologhi* arbeitete. Ich erinnere mich, daß wir uns auf den Rand eines Brunnens vor dem Justizpalast setzten und daß er, zusammen mit der Ruhe, nach und nach auch seinen schwarzen Humor wiederfand: «Ich werde bald sterben.» «Blödsinn! Warum ausgerechnet jetzt?» «Es würde mir gefallen, hier zu sterben, jetzt gleich, aber ohne etwas dazu zu tun» – und er lächelte. Ein paar Tage zuvor hatte ich Bruno Barilli reglos vor dem Café Greco stehen sehen; er hatte einen Zipfel seines Dufflecoats aufgeschlagen und mir eine Rolle Schnur gezeigt: «Das ist der Strick, mit dem ich mich jetzt aufhängen gehe.» So fingen diese beiden Dichter in jener wundervollen, allen Hoffnungen offenen Nachkriegszeit wieder mit ihrem Leben an: bereits im Gefühl des Zerstörtseins durch einen Ausgang, den sie doch herbeigesehnt hatten.

Jetzt ist Barilli gestorben, als Grandseigneur, während er nach einem Kamm verlangte; und Cardarelli verbringt seine Tage auf der Via Veneto. Es ist etwas Überlegtes in seiner Wahl, ein Trotz gegen die Spielregeln, die verlangen, daß der alte Elefant sich in die Einsamkeit zurückzieht, um zu sterben. Dieser Poet dagegen liebt es, sich zu zeigen, seine Präsenz geradezu aufzudrängen, so zu tun, als wolle er den anderen den Spaß verderben.

September 1958

In drei Monaten am Meer haben wir *La dolce vita* zu Ende geschrieben, und jetzt beginnen die üblichen Scherereien. Der Produzent weigert sich, den Film zu machen. Er hat das Drehbuch vier oder fünf Kritikern zum Lesen gegeben, die uns nun bekümmert ansehen und den Kopf schütteln: Der Story fehle jeder Zusammenhang, sie sei falsch, pessimistisch, anmaßend. Das Publikum dagegen wolle ein bißchen Hoffnung. «Nein», sagt Eliot, «das Publikum will lediglich ein bißchen Striptease, aber worauf es ankommt, ist das, was wir hinter seinem Rücken machen, ohne daß es etwas davon merkt.»

13 Flaiano und Fellini am Strand von Fregene während der gemeinsamen Arbeit am Drehbuch von *La dolce vita*

Auf meinem Weg durch die Via Veneto, es ist fast Mitternacht, sehe ich Cardarelli allein am letzten Tisch des Café Strega sitzen. «Man hat mich nicht geholt», sagt er. Er sieht aus wie ein Ausflügler, der die Freunde und den Bus verpaßt hat. Der Portier, der den Auftrag hat, ihn gegen acht Uhr in die Wohnung hinaufzubringen, muß es vergessen haben. Tatsächlich kommt er wenig später und spielt den Überraschten: «Was? Immer noch hier? Ich dachte ...» Sie schieben sich langsam durchs Haustor, schwankend, schräg aneinandergelehnt, wie zwei vom Feiern angeschlagene Saufkumpane.

Manchmal kommt es mir vor, als bestünde eine Verbindung zwischen Cardarelli und dem Protagonisten unserer abgelehnten Geschichte. Eine Verbindung, die jedoch gleich wieder abbricht. Auch Cardarelli ist als ganz junger und armer Mann aus seinem Dorf nach Rom gekommen, um Journalist zu werden. Wenn er vertraulicher Stimmung ist, erzählt er gern von seinen ersten Schritten im Umbertinischen Rom als Reporter des «Avanti!». Er schrieb, verbissen, über alles und jedes. Was ihn interessierte, waren die Verbrechen, die gewöhnlichen Straftaten, die Tragödien aus Leidenschaft. Er zeichnete mit Simonetto, Calandrino, Calibano! Dann plötzlich eine Krankheit, der lange Aufenthalt im selben Krankenhaussaal, in dem sein Vater gestorben war. Das jugendliche Ungestüm schwindet, er wird ein anderer, schaut in sich hinein, entdeckt die Poesie, macht sie zu seiner Moral und beginnt mit dem Schreiben völlig von vorn. Seine ersten Prosastücke sind bereits vollendet. Wenn ich sie heute wiederlese, gleichsam mit Vorsicht und vielleicht in der unbewußten Hoffnung, sie alt zu finden, wird mir bewußt, daß, falls es hier einen Alten gibt, es bestimmt nicht er ist. Wesentlich älter und verrunzelter diese Literatentroupiers, die mit ihrem Erfolg auf den Putz hauen ... ich fühle mich wesentlich älter.

Juni 1962

Die Via Veneto wird immer unkenntlicher, inzwischen vom eigenen Ruhm überrollt, den Touristen überlassen, den unkomplizierten Begegnungen und den Filmleuten. Die «Intellektuellen» sind den Malern auf die Piazza del Popolo gefolgt: topographisch geschützt vor den Angriffen der Mode durch ihre Weiträumigkeit, das Fehlen großer Hotels in der Nähe, die wenigen Cafés. Auf die Via Veneto kommen sie nicht mehr am Abend, sondern am Nachmittag, zur Präsentation der neuen Bücher, aber auch das nicht immer. Die Neuerscheinungen werden, drei- oder viermal in der Woche, im Open Gate oder in der Buchhandlung Einaudi vorgestellt. Alle Welt schreibt. Wer nicht schreibt, ist gerade dabei, Material zu sammeln. Wenn das Kulturwunder so weitergeht, werden wir bald einen Schriftsteller auf hundert Einwohner haben. Basta! Ich schwöre mir, daß ich mit keinem mehr zum Essen geh', den ich Romane schreiben seh'.

Vor allem die Frauen – gewisse Frauen zumindest – zeigen sich unerbittlich. Was soll's: Man veranstaltet kein Bacchanal ohne Bacchantinnen. Ich habe hier auf dem Tisch ein weibliches Manuskript, das ich lesen sollte, nur so, wegen eines Urteils, aber ich schaffe es nicht. Ich weiß, was mich erwartet: schwülstige, sentimentale, sexuelle, autobiographische Abenteuer. Einen Roman zu schreiben bedeutet für diesen Typ von Frauen, dieselben Dinge schlecht zu erzählen, die sie so gut zu verbergen wissen, wenn sie sie tun.

Leser, bist du perplex? Wer schläft, kriegt keinen Sex.

II

Juli 1957

Ich habe einen langen Umweg gemacht, um Cardarelli nicht treffen zu müssen. Ich hatte es eilig, und so habe ich diese kleine Feigheit begangen, aber auch andere Freunde tun das. Morgens um acht kommt Cardarelli aus seinem Pensionszimmer herunter, das über dem Café Strega liegt, und setzt sich an den ersten Tisch des Cafés, gleich vor der Haustür. Die Kellner sind es zufrieden, denn sie wissen, daß er ein großer Dichter ist und 1948 den Premio Strega bekommen hat. Das erklären sie auch den Gästen, die eine gewisse Neugier für die-

14 Sechziger Jahre. Mit Kiki Brandolini d'Adda, einer Freundin der Familie

sen Herrn an den Tag legen, der in der prallen Sonne mit Mantel und Hut dasitzt. Eine seltsame Krankheit, die seine Beine eiskalt werden läßt, zwingt Cardarelli, jedesmal wenn er aus dem Haus geht und den Ofen, neben dem er inzwischen lebt, verlassen muß, seine ganze Garderobe anzuziehen. Die Kellner also respektieren ihn, und der Besitzer des Cafés hat Anweisung gegeben, ihm ganz niedrige Preise zu berechnen, die jedem lächerlich vorkämen, aber Cardarelli nicht weiter stören, denn er hat keine Ahnung von Preisen und ist wahrscheinlich überzeugt, daß sie auch in den anderen Cafés nicht anders wären.

Den ganzen Tag verbringt Cardarelli im Café, unter Einhaltung eines präzisen Stundenplans: von acht bis eins, dann eine Stunde Pause für das Mittagessen, und danach wieder von zwei bis acht. Um acht zieht er sich in sein Zimmer zurück, legt sich ins Bett und beginnt seine Titanenkämpfe mit der Schlaflosigkeit, die ihn erst im Morgengrauen verläßt.

Amerigo Bartoli hat mir heute eine Zeichnung geschenkt, die Cardarelli im Café zeigt, zusammen mit dem Portier des Hauses, in dem er wohnt, demselben, der ihn jeden Morgen holt und am Abend wieder zurückbringt. Oft sitzt der Portier bescheiden neben dem Dichter und betrachtet mit ihm das lebhafte Auf und Ab, die Scharen von hübschen Mädchen. Auf Bartolis Zeichnung haben Cardarelli und der Portier aus Versehen ihre Kopfbedeckun-

15 Cardarelli und der Portier mit vertauschten Kopfbedeckungen.
Zeichnung von Amerigo Bartoli (1957)

gen vertauscht. Der Portier trägt den weichen Hut des Dichters und dieser die Mütze des Portiers.

Die Freundschaft zwischen Bartoli und Cardarelli ist uralt, die beiden sind einander zugetan, was aber gelegentliche Frozzeleien nicht ausschließt. So hat Bartoli zum Beispiel einmal von Cardarelli gesagt, er sei «der größte sterbende Dichter». Wenige Tage später fragte eine Dame, die aus der Provinz kam und stehenblieb, um Cardarelli zu begrüßen: «Und Bartoli? Was macht Bartoli?» Tief betrübt antwortete der Dichter: «Er wächst nicht, Signora, er wächst nicht!» Und nach wie vor in Anspielung auf die Kleinheit des Malers: «Nachts kann er nicht schlafen und wandert nervös unterm Bett hin und her.»

Trotzdem hält Cardarelli ständig nach Bartoli Ausschau und regt sich auf, wenn dieser sich verspätet; doch sobald er ihn an der Ecke der Via Sardegna auftauchen sieht, dreht er den Kopf zur anderen Seite, wie ein Liebhaber, der beschlossen hat, Schluß zu machen, und tut so, als sähe er ihn nicht.

Heute habe ich dieses kleine Interview mitangehört:

«Cardarelli, was halten Sie von den Literaturpreisen?»

«Stellen Sie mir keine idiotischen Fragen.»

«Also, Sie sind gegen die Literaturpreise?»

«Wenn es sich dabei um ein Geschenk handelt, nicht. Wenn es sich um ein Urteil handelt, ja. Ich finde es unschicklich, daß sich Schriftsteller versammeln, um über das Werk eines anderen Schriftstellers zu urteilen. Jedenfalls ... wenn ihr schon unbedingt die besten Schriftsteller prämieren wollt, dann müßt ihr hin und wieder auch einen von den schlechtesten verprügeln.»

«Aber die großen Preise? Der Nobelpreis zum Beispiel?»

«Die großen Preise werden nie dem Schriftsteller verliehen, sondern seinen Lesern. Die Ärmsten, sie haben es sich redlich verdient.»

«Wissen Sie schon, wem Sie dieses Jahr beim Premio Strega Ihre Stimme geben ?»

«Ja, aber ich habe nichts von ihm gelesen. Das fehlte gerade noch!»

«Wieso? Vertrauen Sie einfach blind?»

«Nein. Aber solche Voten gibt man mit einer gewissen Verachtung ab.»

Der Abend bricht auf der Via Veneto keuchend vor Überstürzung herein. Wenn der Verkehr gerade einmal schweigt, hört man die Spatzen von der Villa Borghese, die in Schwärmen herumfliegen, ehe sie sich in den Wipfeln der Pinien niederlassen. Ich saß im Café und beschäftigte mich damit, den Einbruch der Nacht auf dem Gesicht und in den Augen Cardarellis zu beobachten, so wie man es manchmal an einem See tut, und mich überkam eine tiefe Melancholie, als spiegeltem sich in diesem Gesicht das meine und mein verlorener Tag, noch qualvoller durch die Gewißheit eines weiteren Tages und immer noch eines weiteren – auf diesem Weg ohne Ausweg. Aus Gedankenlosigkeit und um einen dieser Modesätze von sich zu geben, die heutzutage eine gelangweilte Konversation auszeichnen, sagte Raffaella Pellizzi, die neben Cardarelli saß, mit einem Seufzer: «*Ed è subito sera.*» Cardarelli murmelte kopfschüttelnd: «Was für ein tiefsinniger Gedanke. Und welchen Eindruck er machen muß!» Das sind die einzigen Augenblicke, in denen man ihn lächeln sieht. Er möchte weiterreden, aber dann hat er keine Lust mehr, er hat zu nichts Lust, nicht einmal zum Sterben.

September 1957

Den modernen Erfolg erlangt man durch die Werbung, und man bezahlt ihn mit der Prostitution gegenüber der Menge. Kehrt man die Reihenfolge der Faktoren um, ändert das nichts am Erfolg, er wird womöglich sogar dauerhafter, denn er ist «erlitten». Der durch Verdienst erlangte und mit Gleichgültigkeit bezahlte Erfolg langweilt das breite Publikum und, seit einiger Zeit, auch die übrigen.

Heute erzählte eine elegante Dame, die in ihrer Redeweise eine temperamentvolle (stets im Unterrock auftretende) Schauspielerin zu imitieren pflegt, von einem Musical, das sie gesehen hat, und sagte: «Wahnsinnig amüsant! Ich habe vor Lachen in die Hose gemacht» – und sie senkt nicht einmal die Stimme, denn wir sind ja auf der Via Veneto. Der Herr, der sie begleitet, fügt artig und mit der Miene dessen, der immer über alles auf dem laufenden ist, hinzu: «Meine Liebe, Sie sollten Ihren Urin psychoanalysieren lassen.» Eine solche Gesellschaft braucht nichts mehr: Sie weiß das bißchen, das ihr genügt, um sich für gebildet und modern zu halten, und sie hat ein gewisses Vertrauen in die Vulgarität als schützende Kraft gegen all das, was ihre eigenen Interessen übersteigt.

Mai 1955

Raffaella Pellizzi hat beschlossen, ein wenig Ordnung in Cardarellis Leben zu bringen, und damit angefangen, sein Zimmer aufzuräumen. Heute erzählte sie mir, daß sie seinen Schreibtisch, an dem er nun schon seit Monaten nicht mehr sitzt, abgeräumt und dabei in einem chaotischen Haufen von Büchern, Flaschen, Heften, nicht abgeschickten Briefen beziehungsweise erhaltenen, aber nicht geöffneten, unter alten Schals und jeder Art von Medizinen acht Füllfederhalter und sechs Scheren gefunden habe. Die Nachttischschublade habe offengestanden, voller Bücher, die sich wie ein schiefer Turm daraus erhoben, und zwischen den Büchern hätten die Pantoffeln gelegen, deren Verlust der Dichter seit langem beklagte. Sie hat weder Bücher noch Manuskripte des Autors gefunden. Cardarelli schreibt seit einigen Jahren nichts mehr. Er mag nicht einmal, daß man mit ihm über Literatur und Poesie redet, als wären es tote, abgelegte Dinge, die ihren Wert verloren haben, und wenn das Gespräch darauf kommt, schnappt er nach Luft, als würde er auf einer mit Asche gefüllten Frucht herumkauen. Sein Körper überlebt den Geist; Cardarelli schaut seinem eigenen Überleben mit Groll zu, vielleicht die letzte Degradierung im Leben suchend, neugierig darauf, zu sehen, wieweit der Geist, der ihn hält, sich gemeinsam mit dem Körper zersetzen kann – und er tut dies mit der stoischen Unerbittlichkeit dessen, der bemerkt: «Ich hab' es dir ja gesagt.»

In diesen Wochen voll Sonne leuchtet die Via Veneto in einer geradezu offensiven, üppigen Schönheit, zart bekrönt vom Grün der einzeln stehenden Bäume, die die Rabatten wie Punkte unterbrechen, mitten im unaufhörlichen Fluß der Autos, dem lässigen Promenieren, dem schläfrigen Glücksgefühl derer, die an den Caféhaus-Tischen sitzen. Das ist die Stunde, in der die Damen die Boutiquen frequentieren, die Stunde, in der die vom Gewerbe aus den Pensionen herunterkommen, um ihren Tomatensaft zu trinken, die Stunde, in der sich die Journalisten über den Weg laufen und einander fragen: «Was machst du?» Der vormittägliche Dunst löst sich auf unter einer glorreichen Sonne, die die Wolken samt ihren Flugzeugen gen Westen schiebt. Es ist auch die Stunde, in der man sich fragt, ob es nicht wieder einmal an der Zeit wäre, zum Mittagessen aufs Land zu fahren, um danach zu dem Schluß zu kommen, daß man es lieber sein läßt. Wir kennen den Nachmittag, der darauf folgen würde: gedankenlos, leer, und die Rückkehr in die Stadt. Besser hierbleiben.

Heute hat mich ein Fotograf, der für eine französische Illustrierte arbeitet, gebeten, mich von ihm aufnehmen zu lassen. Er setzte mich an einen Tisch und sagte, ich sollte mich ganz ungezwungen bewegen und reden wie sonst auch. Hin und wieder blieb jemand stehen, um die Szene zu beobachten, was für mich zur Quelle glühender Scham wurde. Und dazu der Fotograf, der von einer Stelle zur anderen hüpfte, prüfend in die Sonne schaute und am Objektiv herumdrehte. Ich bat ihn, die Tortur abzukürzen, worauf er mich unterfaßte und zur Villa Borghese schob, wo wir weitermachen könnten, ohne Aufsehen zu erregen. An einen Baumstamm gelehnt und ständig vom Fotografen ins Visier genommen, fühlte ich plötzlich, wie sich eine Hand auf meine Schulter legte, und ich hörte eine Stimme zu mir sagen: «Ha, hab' ich dich erwischt!» Ich drehte mich um, es war ein Typ, dessen Name mir nie einfallen will – und so blieben wir stehen: ich mit einem albernen Lächeln, er kopfschüttelnd, und der Fotograf, der rief: «Gut so, bewegt euch, ja so, ausgezeichnet!»

November 1958

«Oh, wie ist es doch schön, sich so superintelligent und gebildet zu sehn, wie man sonst keinen kennt, in puncto Sex nie was zu verpassen, hopp und ex, und die Frau dann links liegen zu lassen ... Bei jeder Umfrage mitzumachen, zu unterschreiben bei einer Protestaktion, eine Meinung zu haben zu allen Sachen, kühl zu analysieren die Situation ... Oh, wie ist es doch schön, immer nur stur nach der Mode zu gehn und der Massenkultur ... Auf engagierte Kunst zu schwören sowie auf die Schönheit der Industrie, und den Tag zu beenden am Schluß mit einem Revolverschuß ...»

Wir, das heißt Fellini und ich, trällerten das gerade, während wir im Auto die Via Veneto hinunterfuhren, als ein Polizist pfiff und uns an den Randstein winkte. Wir hatten ein Rotlicht überfahren, Strafe dreitausend Lire. «Ich habe keinen Pfennig Geld bei mir», sagte Fellini, «aber ich kann Ihnen einen Scheck ausstellen.» Der Polizist betrachtete uns streng. «Moment mal», fuhr Fellini fort, «kennen wir uns nicht? Machen wir's doch so: Sie leihen uns fünftausend Lire, wir zahlen die Strafe, und morgen um dieselbe Zeit kommen wir wieder her und geben Ihnen die fünftausend Lire zurück.» Da der Polizist uns bloß verständnislos ansah, wiederholte Fellini seinen Vorschlag: «Was verlieren Sie schon dabei? Wenn wir die Strafe zahlen, machen Sie bei Ihren Vorgesetzten eine gute Figur, und wir können auch noch ein bißchen Benzin tanken. Andererseits, wenn Sie uns das Geld nicht leihen, was passiert dann? Wir zahlen nicht.» «Ich habe keine fünftausend Lire», sagte der Polizist. «Machen Sie keine Witze. Wollen Sie damit sagen, daß Sie heute noch keine Strafe kassiert haben? Seien Sie doch nicht so!» Der Polizist fixierte uns weiter kopfschüttelnd, dann meinte er seufzend: «Fahrt weiter, los, fahrt schon!»

Es scheint also sicher, daß sein Film nicht realisiert wird, und doch hört Fellini nicht auf, über ihn nachzudenken, und er verbringt seine Zeit damit, nach Typen Ausschau zu halten, mit Schauspielern zu reden, Telegramme zu verschicken, sich mit dem zweifelhaften Schmarotzermilieu der Via Veneto und Umgebung vertraut zu machen. Er will das Porträt eines irrealen Roms schaffen, alles rekonstruieren beziehungsweise der Realität nur jenes bißchen zugestehen, das bereits von sich aus irreal ist: die Fontana di Trevi, die Peterskirche, die römische Campagna.

Juli 1957

Die Leute gehen nicht einfach ihrer Wege, sondern sie promenieren, streifen die Tische, lassen sich Zeit, wie auf einem Dorfplatz am Sonntag. Die an den Tischen haben ihre Blicke auf den Menschenstrom gerichtet, der auf dem Gehsteig vorbeifließt, während die Passanten die belebten Gestade der Tische fixieren. Es ist, als würden sich alle irgendwie kennen, ein Sich-Kreuzen von süßen und verschleierten Blicken, hinter denen sich – um was sonst könnte es zu dieser Tageszeit gehen? – ein erotisches Abschätzen verbirgt. Ich sitze an einem Tisch mit

Ivella, der nicht müde wird zu schauen. Er ist aus Amerika zurück und hatte diese Menschenmenge vergessen. Schließlich bricht es aus ihm heraus: «Was mich am meisten wütend macht, ist, daß die Italiener so verschieden sind. Das ist keine Rasse, das ist eine Kollektion! Da, schau doch! Schau!»

März 1961

«Was machst du gerade Schönes? Film?»

«Nein, ich schreibe an einem Theaterstück.»

«Wie interessant! Über den Inhalt willst du wohl noch nichts verraten, die Problematik, die Tendenz?»

«Doch, warum nicht? Es geht, kurz gesagt, um folgendes.» (Pause.) «Also ... alles deutet darauf hin, daß der Mensch in der Zukunft, je mehr die Bevölkerungszahlen anwachsen, immer einsamer sein wird, vor allem in den großen Städten. Immer einsamer, immer stärker gebremst durch Verbote und Gesetze, durch die gegenseitige Kontrolle, die Tyrannei der Maschinen, den Zwang zum Erfolg, das Rätsel der Zukunft, die Angst vor einem Krieg. Und dann wird es eines Tages mit der Kunst zu Ende sein – ebenso wie mit der Liebe.»

«Sehr interessant!»

«Aber irgendwo in einer rückständigen Gegend, einer Art unterentwickelten Zone, sind beide noch lebendig, die Liebe und die Kunst. Die Leute genieren sich deswegen zwar ein bißchen, vor allem wegen der Liebe. Die ist so provinziell! ‹Aber andererseits›, rechtfertigen sie sich, ‹was willst du hier sonst machen, in so einem gottverlassenen Nest?› So pflegen sie der Kunst und der Liebe. Sie schreiben schlechte Bücher, malen Bilder, und wenn sie spät nachts nach Hause gehen, pfeifen sie Zwölfton-Musik vor sich hin, total veraltet, wie sie sonst auf der Welt kein Mensch mehr kennt. Und resigniert und zurückgeblieben, wie sie sind, schlafen sie dann miteinander.»

«Ja, wirklich sehr interessant. Und weiter?»

«In den großen Städten dagegen, in denen Dichtung, Malerei und Musik inzwischen zu Formen des Kunstgewerbes geworden sind (die Kunst ist etwas, das man bewohnt), ängstigen andere Probleme die unglückliche Gesellschaft: der Gebrauch der Zeit, die Beseitigung der Abfälle, die totale Versicherung, Diätfragen ... Die obszöne Produktion (gedruckte und visuelle) erlebt technisch gesehen eine Glanzzeit, denn alle lesen oder sehen sich die Dinge an, die sie selbst nicht mehr machen wollen oder können. Der Held meines Stückes, der in einer solchen Stadt lebt, muß sich aus irgendeinem Grund in jenes Provinznest begeben, von dem ich dir erzählt habe. Hier lernt er eine kleine Kusine kennen, die ihm in aller Unschuld gesteht, ihre Zeit mit der Malerei und der Liebe hinzubringen. Unser Freund hat schreckliches Mitleid mit ihr und versucht, sie davon zu heilen. Um es kurz zu machen: Es endet damit, daß auch er anfängt, sich der Malerei und der Liebe zu ergeben. Er entdeckt wieder, daß die Gewißheit in der Ungewißheit liegt, die Ruhe im Kampf, und so weiter. Auf all das bringt ihn eine ‹rückständige› Frau, die ihn zuerst wieder zur Liebe und dann zur Kunst führt. Doch eines Tages denkt er sich: Diese beiden Tätigkeiten richten mich noch völlig zugrunde. Er verläßt die kleine Kusine und kehrt in seine Stadt zurück, wo er sich – natürlich – umbringt.»

«Äußerst interessant! Und wann wirst du mit dem Stück fertig?»

«Nie.»

September 1954

Barilli, Brancati … es scheint, daß der Tod nach dem Alphabet vorgeht. Das würde mich nicht wundern, mir ist der Tod immer wie ein pedantischer Schulmeister vorgekommen, der das Klassenbuch durchgeht, um sich die am schlechtesten vorbereiteten Schüler herauszupicken. Jetzt also Vitaliano Brancati. Vor wenigen Abenden habe ich ihn noch getroffen, wie er gerade aus seinem Stammcafé kam, in Eile. Wir grüßten uns im Vorbeigehen, dann fühlte er offenbar das Bedürfnis, noch einmal umzukehren, und während er mir die Hand gab, sagte er: «Ich muß in Kürze verreisen, und ich bin nicht sicher, ob wir uns wiedersehen. Ich wollte mich von dir verabschieden.» Ich habe ihm mit ein paar Worten geantwortet, scherzend. Er ist nach Turin gefahren, um sich operieren zu lassen. Und jetzt stehen wir am Güterbahnhof, vor einem Karren, auf dem ein Sarg liegt. Wir sind fast alle da, die Freunde der Nacht, die Gesichter etwas bleich vom Schirokko. Irgend jemand hält eine Rede und würdigt Brancati als Menschen und Schriftsteller. Auch Cardarelli ist gekommen, eingemummt in seinen Mantel mit Pelzkragen. Zum Schluß machen wir uns davon, wie Diebe nach einem mißglückten Coup, heimlich, jeden Kommentar vermeidend, während zwei Dienstmänner die Kränze und Blumensträuße auf den Karren werfen und die Klappen zumachen.

März 1960

Brauchen wir eine *andere* Realität? Genügt diese rosafarbene römische Wirklichkeit nicht? Sicher, es ist schwierig, in einer Stadt zu leben und sich zurechtzufinden, deren einzige Industrie der Film ist. Am Ende glaubt man, das Leben hinge vom Film ab, man entwickelt ein fotografisches Auge, man sieht die Realität nur noch als einen Widerschein derjenigen, die auf der Leinwand lebt und pulsiert. Der Hund beißt sich in den Schwanz. Und zu guter Letzt schmeckt er ihm sogar noch.

Die Nacht ist ruhig, man kann Dialoge wie diesen hören:

«So, so, du magst den Film nicht.»

«Doch, ich mag ihn, oder besser gesagt, ich respektiere ihn, ich bediene mich seiner, ein bißchen bin ich sogar sein Sklave, wie von allem modernen Komfort. Aber der Film ist keine Kunst, oder höchstens eine Gebrauchskunst, die den Hunger des Augenblicks stillt. Das Schlimme ist, daß er vorgibt, die Wirklichkeit abzubilden. Selbst der beste Film kann mich daher ein Jahr lang faszinieren, oder drei, oder zehn, dann offenbart er seine Grenzen, enthüllt seine Natur, die emotionalen Bedingungen, unter denen er zustande kam. Und danach läßt die Zeit jene Realität, die der Film für immer festzuhalten glaubte, plump und geradezu unverständlich werden. Selbst der beste Film fordert allenfalls eine Generation heraus und wird dann, ohne daß er es merkt, zum Dokument. Schau dir diese Straße, diese Leute an. Übernimm sie so, wie sie sind: Heute wird dich das Resultat befriedigen, in zehn Jahren wird dir alles alt vorkommen, in zwanzig lächerlich, in fünfzig wirst du rufen: Was für ein prächtiges Dokument! Moral: Jedes Filmdrama wird mit der Zeit zur Klamotte. «

«Und die Regisseure wissen das?»

«Ja, ich glaube schon. Sie wissen es.»

Eine lange Pause, während der die beiden Freunde die Menschen betrachten, die an ihnen vorbeigehen, und ihrerseits im Zuge einer raschen erotischen Taxierung betrachtet werden.

«Versuchen wir, es ein wenig deutlicher zu machen: Was ist für dich ein Regisseur?»

«In den außergewöhnlichen Fällen ist der Regisseur ein Künstler, ein Gelegenheitsdichter, der nie sicher ist, ob er seinen Posten behält. Der wahre Dichter, der wahre Künstler verbes-

16 Flaiano, Fellini und Anita Eckberg während der Dreharbeiten zu *Boccaccio '70* (1961)

sert im Lauf der Jahre, mit dem Älterwerden, seine Produktion, verschlankt sie, verfeinert sie, befreit sie von Schlacken, reichert sie mit Geist an. Das ist möglich, weil er allein und für sich arbeitet: Und die Lebenserfahrung läßt ihn schicksalhaft auf immer neue Geheimnisse stoßen. Ein Regisseur dagegen verfällt nach einem gewissen Alter, weil seine Kunst unmittelbar der Zustimmung des Publikums bedarf, das sich in der Zwischenzeit verändert hat. Die Realität, die er abzubilden meint, gilt nicht mehr, ist fertig, hat ihre Kundschaft verloren. Es könnte sich die Frage stellen: In welchem Alter soll man einen guten Regisseur umbringen?»

«Da drüben seh' ich De Feo, Ercole Patti, Arbasino und Carlo Levi. Komm, gehn wir zu ihnen!»

September 1954

Cardarelli hat mir lange von einem Filmprojekt erzählt: Er möchte einen Film über das Jahr 1911 schreiben – oder daß ein anderer ihn schreibt. «Natürlich», fügt er hinzu, «man müßte recherchieren, aber ich sehe dieses Jahr genau vor mir, wie einen Film. Es ist das fünfzigjährige Jubiläum der nationalen Einigung, und in Rom bereitet man großartige Festivitäten vor, die internationale Kunstausstellung im Valle Giulia, die Volkskunde-Ausstellung ... Man weiht das Denkmal für Vittorio Emanuele ein, die Vittorio-Emanuele-Brücke, den Justizpalast, kurz, alle überhaupt nur möglichen architektonischen Scheußlichkeiten. Auch der Zoologische Garten wird eröffnet. Man verbindet den Pincio mit der Villa Borghese, man verbindet die Paläste auf dem Kapitol durch Kolonnaden aus Pappmaché. Und ebenfalls aus Pappmaché wird auf der Piazza Colonna ein Pavillon mit Cafés, Trattorien, einem Kino errichtet, da wo heute die Galerie ist. Hier, auf der Via Veneto, wird das Excelsior eröffnet. Wo wir jetzt sitzen, war ein Milchgeschäft. Auf der internationalen Kunstausstellung triumphieren Zuloaga, Franz von Stuck, Mestrovic, Sartorio, Michetti, Klimt, Sergent und andere Schwülstlinge. Es ist die Apotheose und zugleich die Auflösung des gesamten europäischen Schwulsts, der Triumph des Pappmachés und des Jugendstilbetons. Könnte man nicht einen Film über all diese Triumphe machen?»

«Doch, sehr interessant. Aber sehen Sie ...»

«Und dann darf man nicht vergessen, daß diese ganzen Festivitäten mit einem Desaster enden, weil die französischen Zeitungen das Gerücht verbreiten, in Rom wüte die Cholera. Alle Proteste sind vergeblich. Kein Mensch kommt nach Rom, das Defizit ist riesig. Unsere patriotischen Trübseligkeiten beginnen genau mit dem Scheitern dieser Festivitäten. Der Sommer verlief äußerst trist, und im Herbst brach dann der Libyenkrieg aus. Es begann eine neue Serie von Schicksalsschlägen. Könnte man nicht einen Film über verfehlte Triumphe und Schicksalsschläge machen?»

«Aber Cardarelli, das ist doch genau das, was wir machen.»

III

Dezember 1960

Immer wieder treffe ich irgend jemanden, der mir mehr oder weniger unverblümt den Vorwurf macht, ich hätte dabei mitgeholfen, in *La dolce vita* Rom als eine Lasterhöhle vorzuführen. Merkwürdig, ich bin da ganz anderer Ansicht. Diesen Leuten möchte ich mit den Worten meines Freundes Frassineti antworten: «Es gibt eine Art von Wahnsinn, die darin besteht, daß einem alles abhanden kommt, außer der Vernunft.» Mit anderen Worten: Ist es meine Schuld, wenn das Laster in Rom so rasch vernünftig und praktisch wird? Und wenn es, bar blinder Leidenschaft, nur zu einer Äußerlichkeit wird, zu einer Gewohnheit, einer Quelle der Befriedigung, einer Mode?

Mir scheint, daß einer der Gründe, vielleicht sogar der wichtigste, die Rom daran hindern, eine Stadt der großen Laster zu sein, der zutiefst familiäre Charakter dieser Stadt ist, selbst in der Verderbtheit. Dieser Charakter speist sich aus der Tatsache, daß Rom ein Agglomerat von großen, zur Peripherie hin scheußlichen, Dörfern ist, alle um den antiken Kern herum. Dörfer, bewohnt von Emigranten der ersten oder zweiten Generation, die ihre provinziellen Sitten und Gebräuche beibehalten haben. So nimmt jedes große «Laster» in Rom die Merkmale eines Zeitvertreibs an, der, sobald die erste Neugier gestillt ist, langweilig wird. Niemand ist in Sachen Laster heikler als der Provinzler: Keines ist ihm gut genug, und zuletzt findet er sie alle lächerlich oder kostspielig, ganz zu schweigen davon, daß sie der Gesundheit schaden.

Die Metropolen der Laster gründen ihren Ruhm auf den Alkohol, die Drogen, die Gewalt, die großen Leidenschaften und vor allem auf das schlechte Gewissen, das heißt auf die Hauptreflexe der Sünde. Also, in Rom trinkt man nie außerhalb der Mahlzeiten. Einem Betrunkenen nachts auf der Straße zu begegnen wird immer unwahrscheinlicher. In irgendeiner Vorstadtkneipe mag man noch einen antreffen, aber dann so: Er macht keinen Lärm, bedroht niemanden, wird nicht vor die Tür gesetzt wie ein Sack Kartoffeln; vielmehr hält er lange Reden über Fußball, umringt von jungen Spöttern, die auf diese Weise ihren Abend beschließen. In den Bars im Zentrum, in denen der Via Veneto, gibt es, das ist bekannt, alles in allem vielleicht hundert Leute, die verbissen harte Sachen trinken: Und mit der Zeit werden sie zum Gegenstand der Bewunderung, denn sie lassen Erfahrung im Reisen, in europäischer Lebensart erkennen. Sie fühlen sich eher privilegiert als lasterhaft, erfreuen sich der Wertschätzung der Barkeeper, und jede Frage, in der es um Alkohol oder um die Usancen der mondänen

Welt geht, wird ihrem Urteil anheimgestellt. Die anderen Gäste trinken Espresso, Orangensaft, ja sogar Milch. Bei vielen nimmt die Unschlüssigkeit im Bestellen geradezu verzweifelte Formen an, bis es ihnen endlich gelingt, mit einem tiefen Seufzer, der einen ebenso tiefen Mangel an Lastern enthüllt, dem Kellner zu sagen: «Einen Espresso … mit ein bißchen … Milch.» Und wenn der Kellner dann weggeht, rufen sie ihn noch einmal zurück, um zu präzisieren: «Kalte Milch!» Nun, diese Leute sind keine Abstinenzler, weil sie etwa beschlossen hätten, das Übel zu bekämpfen, oder weil es ihnen an Geld fehlte: Sie sind Abstinenzler, weil sie nichts zu vergessen haben und einen klaren Kopf behalten wollen, zwar durchaus geneigt, sich dem Laster hinzugeben, aber doch immer mit einem offenen Auge.

Auch die Drogen haben nicht viel Glück. Sie erinnern an die Zeit nach dem Ersten Weltkrieg, sind also lächerlich; und die wenigen Anhänger der Sekte machen sich über ihre eigene Schwäche lustig, keiner hat das Herz, ihnen nachzueifern. Schließlich hat es der Römer nicht nötig, sich anders zu fühlen, als er ist, sich selbst zu erhöhen: Er bewundert sich bereits genug, läßt sich immer in seinen besten Sachen sehen, hat alles im Auge, fühlt sich unschlagbar in zumindest zwei Haupttätigkeiten des Geistes: der Film- und der Automobilkritik. Das genügt ihm vollkommen, um die Ambitionen seines Über-Ichs zu befriedigen. Wenn ihr um zwei Uhr nachts vor der Tür dieses Cafés zwei junge Leute seht, die aufeinander einreden, dann könnt ihr darauf schwören, daß sie gerade dabei sind, sich gegenseitig zu erklären, warum Ingmar Bergman als Regisseur bereits überholt und was an seinen zu vielen Filmen offen gestanden dumm oder theatralisch sei. Seht ihr dagegen ein Grüppchen junger Leute wie Gangster um ein Auto stehen und bangt um das Leben derer, die drin sitzen, dann braucht ihr euch nicht aufzuregen: Die jungen Leute diskutieren lediglich über die PS, die Beschleunigung, den Benzinverbrauch des neuen Modells im Vergleich zum vorhergehenden. Kommt ein junger Mann in einem ganz gewöhnlichen neuen Kleinwagen angefahren und erzählt, daß er ihn soeben gekauft habe, so erheben sich alle seine Freunde lässig von ihren Sitzen, um diesen Kleinwagen, den sie doch bis ins Detail kennen, interessiert zu begutachten und dem Freund mit ihrer Zustimmung eine Freude zu machen. Und man kann beobachten, wie sich junge Leute, die sich ansonsten für nichts auf der Welt anstrengen würden, abmühen, um die Federung zu prüfen, wie sie die Wagentüren auf- und zumachen, um das Einschnappen zu hören, wie sie den Kofferraum öffnen, um das Innere zu inspizieren.

Wir sprachen von den Drogen. Sicher, sie hätten mehr Erfolg, wenn der Römer sie ohne Gefahr kaufen könnte – einfach, weil es was Neues ist. Und wenn sich die Mutter oder die

Ehefrau darum kümmern würden, die einzigen Personen in der Familie, die sich aufs Einkaufen verstehen und den Preis herunterhandeln. Dann gäbe es in den Apotheken Kokain als «Familienpackung», und alle hätten ein bißchen weißes Pulver auf der Krawatte, vielleicht genau an der Stelle, an der sie jetzt, nach dem Abendessen, ein bißchen Talkpuder haben. Der Dichter dieser Gesellschaft bleibt nach wie vor Petrolini: «Rina / schnupft zum Frühstück Cocaina, / und ich glaube, zweifelsohne / denkt sie dabei an den Gastone.»

Mai 1962

Das ist etwas, was Mario Soldati freuen wird: Im Schaufenster seines Friseurs auf der Via Veneto habe ich seine Romane und seinen jüngsten Band *Le canzonette* ausgestellt gesehen. Eigentlich ist es nicht der Friseur, der sie ausstellt (man kann nicht alles im Leben haben, Mario!), sondern es ist folgendes passiert: Der alte Friseur hat sich aus dem Geschäft zurückgezogen und den Laden einem Mailänder Verlag überlassen, der den «Salon» in eine Buchhandlung, genauer gesagt in einen Ausstellungsraum für seine Produktion, umgewandelt hat. Anstelle der Haarwasser jetzt also Arpino, Butor, Tobino, Soldati. Für mich ist es bewegend, auch ich kam hierher, um mir die Haare schneiden zu lassen, und auch Tennessee Williams muß dagewesen sein, denn er erinnert sich in seinem *The Roman Spring of Mrs.*

Stone daran. Die alte Einrichtung war solider Stil Ducrot 1920, in Mahagoni und Marmor. Jetzt – schließlich handelt es sich um die Via Veneto – hat der Architekt es für richtig befunden, der neuen den gleichen Touch zu geben, den die anderen Geschäfte nach und nach annehmen. Immerhin scheint mir dies die einzige Buchhandlung zu sein, die mit Spiegeln und Relikten eines Schönheitssalons ausgestattet ist. Die Kulturindustrie bewegt sich auf ein neues Publikum zu, das eine Schwäche für Geschenkartikel und Verpackungen hat. Aber vielleicht demonstriert sie so aufs beste zwei auffallende Merkmale unserer zeitgenössischen Literatur: Autobiographie und Eitelkeit.

Zu Hause habe ich den Abend damit zugebracht, *Le canzonette* zu lesen, und schließlich glaubte ich zu begreifen, warum Soldati Rom ein für allemal verlassen hat: weil ihm diese Stadt inzwischen wie ein gutmütiger Dämon erschien, entgegenkommend und vernünftig, der ihm seine Vorstellung von Sünde zu einem Einheitsbrei zermanschte – das heißt: wie der schlimmste der Dämonen.

Dezember 1960 (Fortsetzung und Ende)

Die großen Leidenschaften, die großen Irrtümer? Der Römer begeht nie große Irrtümer, und er verzeiht sie auch anderen nicht. Wer übertreibt, ist ein «Fanatiker». Rom hat keinen Hof der Wunder, keine Clochards in beunruhigender Anzahl, die Bettler sind zu Parkwächtern geworden, und ihre Innung ist geschlossener als die der Notare. Selbst an der Peripherie trachtet das Lumpenproletariat nach «Erlösung», nach fester Anstellung, und mangels Besserem unterwirft es seine Unternehmungen einem jahreszeitlichen Rhythmus: im Winter die Autodiebstähle, im Frühling der Handtaschenraub, im Sommer die durchstochenen Reifen. Man braucht schon etwas Phantasie, um diese Existenz kühn und gewalttätig zu finden.

Vielleicht fehlen in Rom die hemmungslosen Spieler, die Rebellen, die blindwütigen Parteigänger, die gescheiterten Idealisten, die Geldverächter – was eben so das Salz einer Gesellschaft ausmacht. Es fehlen die falschen Messiasse, die unveröffentlichten Dichter (jeder läßt irgend etwas drucken), die düsteren Visionäre, die verrückten Spekulanten, die Sonntagsmaler, die Wanderphilosophen: Sie fänden kein Publikum. Kurz und gut, es fehlen die großen Sünder. Vielmehr ist die Sünde (im Sinne einer klaren Antonomasie ausschließlich die des Fleisches) das einzige wirkliche Vergnügen. Was für Gewissensbisse oder Dramen sollte sie schon hervorrufen? Eher weckt sie Erinnerungen und Bedauern bei den Alten, neue Pläne und neue Hoffnungen bei den allzeit bereiten Jungen.

Die Päderastie hat natürlich ihre Aktiven und ihre Sympathisanten, aber auch eine stattliche Zahl von Söldnern, eine Art Hilfstruppe, die sich inzwischen auch aus den ländlichen Gebieten rekrutiert. Die Päderastie verursacht keine großen geistigen Beunruhigungen, nur Klatsch und hin und wieder eine entsetzliche Tagesnachricht. Die «verantwortlichen» Päderasten haben den einen Fehler: daß sie, jeder für sich allein, fast alle sympathisch sind, aufgeweckt, intelligent, kunstinteressiert, gebildet, zusammen genommen aber erinnern sie ein bißchen an die Alpini oder die Wanderer, die sofort eine Gruppe bilden und anfangen, im Chor zu singen oder Dialekt zu reden: unerträglich.

Was für Laster haben wir sonst noch in diesem wunderschönen Rom? Die Literatur? Aber die römischen Literaten sind doch Vorbilder in fast allen Tugenden, einen gesunden Exhibitionismus nicht ausgenommen. Und in welcher anderen Stadt geben sich die Literaturpreise so schlicht und familiär, geradezu hausgemacht? Wo sonst findet man so vorzüglich organisierte Unternehmungen wie «Ein Tag auf Capri, Blaue Grotte inklusive», die dem Leser eine Begegnung mit einem Schriftsteller seiner Wahl bieten, wobei er auch noch eines von dessen Büchern überreicht bekommt, und dazu eine warme Mahlzeit, alles für rund 3000 Lire, ohne Wein? Und wo sonst kann jedermann einen Preis ins Leben rufen und ihn jeweils dem verleihen, der ihm am besten ins Konzept paßt – und dabei auf das Verständnis sämtlicher Beteiligten zählen?

Bleibt die Prostitution, doch der äußere Anschein, den sich dieses Gewerbe geben muß, ist mittlerweile auf so ermüdende Weise scheinheilig, daß am Ende eine ganz normale Arbeit daraus wird, einzige Einnahmequelle mancher Familien, belebendes Element des Tourismus, des Einzelhandels, der Ratenverkäufe, Altersversorgung und Arbeitsplatz für die Zuhälter: Die Prostitution dürfte mehr die Wirtschaft interessieren als den Moralisten.

Alles in allem also ein heiteres Panorama, beherrscht von der Vernunft. Die einzige große Attraktion bleibt der Sex, der, wiederum im Sinne einer Antonomasie, mit dem Weib identisch ist. Aber diese Neigung des Römers zum Weib schlechthin nimmt nie den Charakter des ruinösen Lasters und der blinden Leidenschaft an. Der Sex ist eine Erquickung, auch er auf vage Weise parafamiliär. Im vorigen Sommer kam Lily Niagara nach Rom, um ihren Striptease vorzuführen. Nach vier Tagen gab es für den Besuch des Nachtlokals, in dem sie auftrat, eine Ermäßigung der Arbeiterwohlfahrt.

März 1962

Heute gegen sieben Uhr abends waren die Cafés der Via Veneto fast menschenleer und das Erdgeschoß der Buchhandlung Einaudi dafür gerammelt voll: Kritiker und Schriftsteller aus allen Teilen der Stadt und auch aus anderen Städten hatten sich zur Präsentation des neuen Romans von Giorgio Bassani eingestellt. Diese Mode, die neuen Bücher dem Publikum zu präsentieren, wie früher die Könige vom Balkon aus der Menge den soeben geborenen Kronprinzen präsentierten, ist neu: Vor wenigen Jahren hätten sich die Autoren damit lächerlich gemacht; heute akzeptiert man das als eine Form offener Überredung, ein Postulat der Massenkultur. Fünf Schriftsteller, die den Roman bereits in den Fahnen gelesen haben, singen sein Loblied. Viele applaudieren. Andere räumen mit zusammengebissenen Zähnen ein, der Roman sei schön, gut geschrieben, aber mehr «aus der Erinnerung heraus» und ohne zeitgemäße Problematik. Man zitiert Proust. Soldati zitiert auch sich selbst. Beim Hinausgehen flüstert mir in dem Gedränge, das an die Katakomben erinnert, irgend jemand das erste süffisante Epigramm des Abends ins Ohr: «Man hat nicht mehr viel Lust, / an einem Ort zu leben, / wo man Bassani schätzt wie Proust.»

April 1959

Wenn er zu irgendeiner offiziellen Veranstaltung eingeladen ist, leiht sich Cardarelli vom Kellner des Café Strega den Smoking aus. Zuletzt ist er gestern, am 25. April, ausgegangen, zu einem Essen in der Villa Madama, zu Ehren eines Schriftstellers, der die Goldene Feder verliehen bekommen hat. Vor kurzem hat auch Cardarelli einen Preis erhalten, den «Turm», eine Auszeichnung, die ziemlich häufig vergeben wird, mehr oder weniger an jeden, und zwar in einer Trattoria in der Nähe des Kapitols. In dem Moment, in dem man ihm den silbernen Turm überreichte, war er hocherfreut, aber am nächsten Tag verschlug es ihm die gute Laune, als er den Portier, den er losgeschickt hatte, um dieses Kilo Silber zu verhökern, unverrichteter Dinge zurückkommen sah. Es war gar kein Silber.

Ich habe Cardarelli in sein Zimmer hinaufbegleitet. Der Mief war unerträglich, ich öffnete das Fenster, das auf einen dieser düsteren, hohen, feuchten Innenhöfe geht, die von Katzen bevölkert sind und in denen der Waschtrog steht. Die Via Veneto ist hier lediglich Fassade. Sobald man in diese alten Häuser hineingeht, packt einen wieder das alte Rom der engen Haustore an der Gurgel, der dunklen Stiegen, der Innenhöfe mit dem Geruch nach Kohl und Moder. Früher einmal, gegen Ende des vorigen Jahrhunderts, waren hier die Gärten der Ludovisi und der Boncompagni, mit ihren Baumalleen, den Weinbergen, den statuengeschmückten Hainen. Den Stadtarchitekten hat dieses Zeug nicht gefallen (und es gefällt ihnen bis heute nicht), und sie beschlossen, die Via Veneto (damals hieß sie Via dei Cappuccini) zur Hauptstraße eines Wohnviertels für die kleinen Leute zu machen. Das Viertel des reichen Bürgertums, der hohen Staatsbeamten, der piemontesischen Eroberer, sollte dagegen der Esquilin werden. «*Nunc licet Exquiliis habitare salubribus ...*» Man schuf daher die Piazza Vittorio Emanuele mit ihren Kolonnaden wie in Turin, mit riesigen Palazzi, Balkonen, Karyatiden. In der Via dei Cappuccini dagegen errichtete man die großen Mietshäuser. Später dann tauschten, wie in einer Quadrille, Reich und Arm die Plätze: Die Armen zogen in die Häuser der Reichen, und die Via Veneto wurde zur eleganten Straße: Hotels, Cafés ... Aber an diesem Hinterhof merkt man, wie armselig alles angefangen hat. Das Zimmer des Dichters ist eng, in einer Ecke eine abgeteilte Toilette. Auf dem Tisch herrscht eine bedenkliche Ordnung. «Ich habe nichts mehr», sagt Cardarelli mit einer gewissen Genugtuung. Ich sehe nur zwei Fotos, Gruppenbilder von Freunden aus der fernen Jugendzeit. Neben dem Fenster steht der Ofen. Cardarelli setzt sich aufs Bett, im Wintermantel, wie ein Emigrant, der auf die Abfahrt des Schiffes wartet, oder wie ein Erdbebenopfer, das auf dem einzigen ihm noch verbliebenen Möbelstück sitzt, um zu zeigen, daß es ihm gehört, und sich nicht vom Fleck rührt, aus Angst, man könnte es ihm wegnehmen.

Mai 1959

Es mochte ungefähr zwei Uhr nachts sein, aber die tiefhängenden Wolken reflektierten das Licht der Straßenlaternen. Die Via Veneto war verlassen, als schliefe sie schon vor der Zeit, die Häuser reglos, erloschen, mit diesen düsteren Fassaden, die auch die Reklame nicht fröhlicher zu machen vermag. Ich hörte das Geräusch von Trommeln, das von der Porta Pinciana herkam, und tatsächlich erschien unter den Torbogen ein Zug. Voraus marschierten etwa ein Dutzend junge Tambourmädchen, mit nackten Beinen und weißen Stiefelchen. Sie schlugen ihre Trommeln, und ein großgewachsenes Mädchen gab die Kommandos, nach denen sie ihre Schlegel durch die Luft wirbeln ließen und im Flug wieder auffingen. Dahinter folgten, lächelnd und die Grüße einer unsichtbaren Menge erwidernd, Personen, die ich, während sie vorbeizogen, zu erkennen glaubte, Dichter und Schriftsteller, auch ein paar Maler. Ein alter Mann, wie ein Prozessionsheiliger eingehüllt und auf den Schultern getragen, protestierte freundlich bei seinen Bewunderern: «Ihr Narren, was macht ihr denn, laßt mich herunter!», und dabei schwankte er bald auf die eine, bald auf die andere Seite. Ich sah Sandro Penna, der mir einen Gruß zuwinkte, als wolle er sich entschuldigen, daß er weitergehen müsse: Er käme hinterher zurück. Sinisgalli schob ein niedliches Wägelchen vor sich her, in dem, in Vitrinen, alle seine Manuskripte und Zeichnungen sowie einiges Unveröffentlichte ausgestellt waren. Ich sah Bassani Arm in Arm mit Moravia, Goffredo Bellonci zwischen Alberto Arbasino und Italo Calvino: Sie sangen. Mario Soldati imitierte sich selbst, indem er von einer Gruppe zur anderen lief und Verse von sich rezitierte: «Vom Leben, seiner Härte, seiner Bitterkeit, / begreif' ich nun den Sinn: / die Weisheit lernt man nur durch Leid, / doch, ach, zu spät, schon ist's dahin ...»

Inzwischen bevölkerte sich die Straße schlagartig, wie in den Komödien von Labiche, wenn die Gäste auf die Bühne kommen: Aus den Seitenstraßen strömten Touristen, selbsternannte Parkwächter, Kellner, die ihre Schicht beendet hatten, Taxifahrer, die die ihre anfingen, Fotoreporter, Ehepaare, die aus dem Kino kamen und über Antonioni diskutierten, große, schlaksige Amerikaner, ganze Besatzungen von Düsenflugzeugen, Bürger, Studenten, Mädchen mit Windstoßfrisuren, Jünglinge mit hochgestelltem Kragen, Nutten, Zuhälter, Strichjungen, Freßsäcke. Alle applaudierten, ohne zu wissen, wem oder was. Am Steuer seines Fiat 500 aus dem Jahr 1937 deklamierte Rodolfo Wilcock seine unsterblichen Verse: «Ach, alltäglich in der Frühe dieses veilchenblaue Licht, / das den reglos stillen Gärtchen ihre Morgendüfte schenkt, / sich allmählich von den Dächern auf die ersten Autos senkt / und sich flammend in den Scherben auf den Gartenbeeten bricht ...» Wen ich nicht sah, war Pasolini. Wo steckte Pasolini? Sollte ihn seine Sprödigkeit zu Hause gehalten haben? Nein, da kam auch er, in einer Gruppe junger Dichter und sich lässig und überheblich gebender Regisseure. Es folgten Scharen von Mädchen, Schauspielern, Schauspielerinnen, Filmregisseuren, literarischen Preisrichtern, Arbeiter-Dichtern, Arbeiter-Malern, Arbeiter-Kritikern, Sympathisanten, Misanthropen, Söhnen berühmter Väter, Gattinnen von Malern – alles in einem fröhlichen Durcheinander.

Von oben regnete es Blumen. «Wo geht ihr hin?» rief ich De Feo zu, der sich etwas abseits hielt und den Gehsteig entlangging. Er machte nur eine vage Geste. Rennend kam ich wieder an die Spitze des Zuges, der plötzlich angehalten hatte. Ein Mann stand mitten auf der Straße und machte Zeichen, daß er etwas sagen wolle. Es war Cardarelli. Mit seiner etwas heiseren, sanften Stimme fing er an: «Freunde. Ich habe zuviel von euch erbeten, und ihr habt mir zuwenig gegeben. Es war eine Zweckehe voller Unvereinbarkeiten. Wir haben einander nicht verstanden, und wir haben einander nicht entsprochen. Wir haben uns redlich Mühe gegeben, um beisammenzubleiben. Aber jetzt müssen wir uns trennen!»

Aus den ersten Reihen des Zuges fragte jemand: «Wer ist das denn? Was will der?»

Cardarelli fuhr fort: «Aber ihr wißt nicht, was dem Leben dient. Euer Reden legt kein Zeugnis ab. Euer Schweigen, was sagt es? Es liegt kein Sinn in eurem Schweigen und in eurem Reden ...»

«Lauter!» rief einer.

«Ihr wißt nicht, daß die Wörter, wenn überhaupt, ihren Wert allein kraft dessen haben, was sie verschweigen ...»

«Aufhören, Musik, weitergehen! Es lebe die Kultur!»

«Eure Maßstäbe stimmen nicht, ihr seid arm an Freiheit und geizig in der Hoffnung ...»

«Hau ab! Hornochse! Polizei!»

«Ihr ahnt nichts von den doppelten Böden, von den Zaubertricks und den Willkürakten des Intellekts unter den Menschen!»

«Ruhe! Schlagt die Trommeln! Geht weiter!»

«Unserem Bewußtsein haben die Horizonte gefehlt. Jeder Augenblick hat uns die Kontinuität dieses Bewußtseins verdeckt und entleert. Immer wenn wir uns aufs neue getrennt haben, waren wir abweisend und drohend. Es ist Zeit, daß wir endgültig voneinander Abschied nehmen.»

In diesem Augenblick setzte sich der Zug wieder lärmend in Bewegung. Und genau in diesem Augenblick bin ich aufgewacht.

Juni 1962

Ich lese gerade *Gli inganni* von Sandro De Feo. Die Geschichte spielt in Rom, an einem einzigen Tag. Vielleicht liegt es an etwas Drängendem und Atemlosem in der Erzählweise, daß sie wie ein Windstoß wirkt, der Staub, Blätter, Papier, aber auch das eine oder andere Unwägbare und Kostbare mit sich trägt: unser eigenes Leben, die nutzlosen Illusionen, ein jahrelanges Sichabmühen, die Liebe zu einer Stadt, die einzigartig ist und Zuneigung oder Abscheu weckt, je nach den Stimmungen und nach den Schauspielen, die sie uns bietet. Das wahre Rom liegt im dunkeln, es enthüllt sich erst mit den Jahren und wird zu einer Landschaft der Erinnerung, zu einem Teil von uns selbst: dem geheimsten und dem einzigen, aus dem uns so etwas wie Heil erwachsen kann. Das andere Rom vermag uns zu erregen, aber sein gefälliges Spiel ist zu durchsichtig, als daß es uns wirklich gefährlich werden könnte. Schließlich lacht man darüber. Auf Seite 121 und den folgenden kommt De Feo zum Beispiel auf die Via Veneto zu sprechen: «So zeigt sich die Via Veneto heute abend. Die Zurschaustellung der Fleischmassen unter dem grünen Schutzdach ist, was sie ist, aber zweifellos lassen meine vom Wind bloßgelegten Nerven mich das Obszöne und das Groteske daran übertreiben. Wenn ich die Kraft hätte, überhaupt etwas zu tun, würde ich anfangen zu lachen, wie bei der Lektüre des Marquis de Sade, an den Stellen, an denen der Autor zu dick aufträgt ...»

Das grüne Schutzdach ... Ich vergaß das Neueste: In der Via Veneto sind die großen Sonnenschirme an den Tischen der Cafés verschwunden, jene Sonnenschirme, die ihnen etwas Strandmäßiges verliehen. Man hat sie durch lange Schutzdächer aus Eisenstangen und Stoff ersetzt oder durch solche aus durchsichtigem Material. Am Abend gehen unter diesen Schutzdächern die Neonröhren an.

Juni 1959

Gestern, am 15. Juni, ist Cardarelli in der Poliklinik gestorben, in der er seit einem Monat lag. Als großer Bewunderer Leopardis ist er auch (fast) wie Leopardi gestorben: eine Magenverstimmung durch Speiseeis, zu der dann eine Lungenentzündung kam. Seit einem Monat sprach er nicht mehr; nur hin und wieder, wenn jemand in sein Zimmer kam, sagte er leise: «Nervensägen.»

Fellini dreht in Cinecittà endlich *La dolce vita*. In einem Filmstudio hat er ein Stück der Via Veneto nachbauen lassen, nicht die Ecke, an der unser Poet gewohnt hat, sondern den neueren und stets überfüllten Teil um das Café de Paris. Beim Anblick dieser erbarmungslosen Rekonstruktion ist mir das Lachen ausgekommen, und gleich darauf packte mich eine hündische Schwermut. Im Vorführraum habe ich einige Teile des Films gesehen. Der Gongorismus Fellinis, seine Übertreibung beim Porträtieren jener Welt der Via Veneto, läßt an das Wachsfigurenkabinett denken, an die Bilder der Fastenprediger, wenn sie das Fleisch beschreiben, das dahinfault und verwest. Mich erinnert das an die großen Gemälde von Valdés Leal im Hospital de la Caridad in Sevilla, auf denen über den Kadavern von Bischöfen Spruchbänder flattern wie: *Finis gloriae mundi*. Fellini als Fastenprediger? Das ist eine verführerische Hypothese. «Vielleicht sollte ich irgendwo noch Cardarelli unterbringen, als eine Art Warnung aus dem Hinterhalt.» «Er ist gestern gestorben», sage ich. «Na also, da siehst du's!»

17 Filmprogramm: 1959 kam *La dolce vita* auch in die deutschen Kinos

Der Drehbuchautor ist einer, der Zeit hat

8. Februar 1969

Lieber Federico,

gestern abend habe ich *La dolce vita* wiedergesehen. Ich gestehe Dir, daß ich mit der düsteren Vorahnung hingegangen bin, alles erheblich von der Zeit beschädigt zu finden, und daß ich im letzten Moment drauf und dran war, mich zu verdrücken. Es war eine private Vorführung, und wir waren nur sechs Leute, alle mit dem gleichen Problem. Mein Gott, *La dolce vita*, nach zehn Jahren, wirklich an der äußersten Grenze der Vergangenheit! Der Vergangenheit, «die einen einholt», wie bei jenen Prostituierten, die den Ingenieur geheiratet haben, und dann kommt der Zuhälter, der sie erpreßt und damit in den Selbstmord treibt.

Statt dessen bin ich in den Film gefallen, als hätte ich ihn nie zuvor gesehen. Faszinierend, voll von einer Realität, die sich auch jetzt immer noch entschlüsselt, ein Film außerdem, der einen benommen macht durch die Überfülle und die Präzision der Motive, der Figuren und der Geschichten, die sich wie auf einem großen Webstuhl miteinander verflechten, und jede komplettiert die andere. Kurz, ein Roman, keine Erzählung. Aber das alles weißt Du ja längst.

Ich glaube, daß das in diesem Sinn Dein lebendigstes Werk bleibt, gerade wegen des Ansturms von Mitleid und Sorge für eine Welt, die aus den Fugen gerät und den Augenblick der Verzweiflung herbeizieht. Aber auch wegen der großen erzählerischen Freiheit und wegen der Kraft, der ironischen Distanz, die Dich Zugeständnisse haben vermeiden lassen. Du hast zu jenem Zeitpunkt eine Realität entdeckt, die die anderen nicht sahen, und Du hast sie ganz erzählt, einschließlich ihrer möglichen zukünftigen Entwicklungen. Ich meine, Du solltest Dich, um die zehn Jahre von *La dolce vita* zu feiern, um eine Neuausgabe kümmern und sie zeigen. Das wäre sehr nützlich für die jungen Regisseure, die Dich nicht kennen, denn damals waren sie zehn Jahre alt. Und es wäre eine Lektion. Was anderes habe ich Dir nicht zu sagen. Ich wünsche Dir gute Arbeit und umarme Dich.

Ennio (Flaiano)

*

Rom, 23. Oktober 1969

Lieber Federico,

ich nutze das Ende des Poststreiks, um Dir zu sagen, daß ich Dein *Satyricon* gesehen habe und daß es mich beeindruckt, verwundert, wachgehalten und, alles in allem, entzückt hat.

Es fehlt darin an nichts. Ich werde oft und gern davon träumen.

18 Flaiano, von Fellini karikiert

Ich weiß, daß man über bestimmte Lösungen diskutieren könnte, aber Du hast das Wesentliche erreicht: die beständige Dramatik der Monster, das heißt unsere eigene. Die Leute, die aus dem Kino kamen und sagten: «Mir hat es nicht gefallen», schienen in Wirklichkeit aus dem Film selbst zu kommen.

Ich halte es für richtig – bei der alten Freundschaft, die uns entzweit –, Dir diese Dinge zu sagen, und ich wünsche mir, daß auch Du das richtig verstehst.

Eine herzliche Umarmung und mein Kompliment auch an Bernardino Zapponi.

Dein *Ennio (Flaiano)*

*

[Auf eine Umfrage der Zeitschrift «Cinema nuovo» vom 15.6.1954]

Mir sind noch nie Fragen gestellt worden, deren Beantwortung so offensichtlich auf der Hand liegt. Ich denke, daß mein Gesprächspartner – *Cinema Nuovo* – die Antworten besser weiß als ich und nur kontrollieren will, ob auch ich sie kenne. Nun gut, ich glaube schon.

Auf die erste Frage: «Welche Bedeutung hat das Drehbuch für den Film?» werde ich zum Beispiel antworten: Die Bedeutung des Drehbuchs für den Film ist identisch mit der Bedeutung des Films selbst. Ich füge hinzu: Nach einem guten Drehbuch kann ein hervorragender, ein guter, ein mittelmäßiger Film entstehen, nie aber ein schlechter. Nach einem schlechten

Drehbuch entsteht immer ein schlechter Film. Ich entschuldige mich für diese Antwort, die nicht gerade der Weisheit letzter Schluß ist, aber auch die Frage ist ziemlich bescheiden.

Vielleicht wäre es besser, zu präzisieren, daß das Drehbuch heutzutage immer mehr darauf aus ist, sich das Sujet einzuverleiben: Das heißt, es gibt keine Geschichten und Dramen mehr, die «zu erfinden und zu entwickeln» wären, sondern Geschichten, Milieus, Charaktere und Situationen, die man entdecken und «von Grund auf kennenlernen» muß. Der Produzent, der herumläuft und nach einem guten Sujet fragt, kann einen an den Provinzler erinnern, der mit einer Million in der Tasche in die Trambahn steigt. Er darf sich nicht wundern, wenn sie ihm, jedenfalls in der Mehrzahl der Fälle, gestohlen wird. Kurz, man kann vom Sujet erst reden, wenn das Drehbuch fertig ist. Und damit steht fest, daß das Drehbuch die Basis des Films ist. Tatsächlich sehen wir, wie ausgezeichnete Schauspieler und ausgezeichnete Regisseure an einem schlechten Drehbuch scheitern, ein Zeichen, daß das Publikum intelligenter ist als der sogenannte Verleih.

«Muß sich das Drehbuch nach dem Regisseur, nach seiner Poetik richten, oder ist es der Regisseur, der sich dem Drehbuch anpassen muß?» Beide Theorien sind möglich. In der Praxis richtet sich das Drehbuch immer nach dem Regisseur, mag er nun gut oder schlecht sein. Ich habe nur mit wenigen Regisseuren gearbeitet, aber alle haben, wenn die Diskussion über eine Stelle im Drehbuch hitzig wurde, kurzen Prozeß gemacht und erklärt, daß schließlich sie es seien, die den Fim drehen müßten. Es ist fast unmöglich, einen Regisseur etwas machen zu lassen, von dem er nicht restlos überzeugt ist. Alle unsere Filme werden von Leuten gedreht, die von dem, was sie machen, restlos überzeugt sind, und daher antworte ich auf die dritte Frage: «Wer ist der Autor des Films?» in aller Ruhe, daß der Regisseur zum Autor des Films «wird». Man erzählt mir, daß sie in Hollywood immer noch Zeit damit vertun, diese Dinge zu diskutieren. Hier bei uns ist die Diskussion – wie mir scheint, mit geringem Erfolg – von Blasetti angeregt worden, der generell im Schriftsteller den Autor des Films sieht. Ich erkenne mich so wenig als Autor der Filme wieder, an denen ich als Drehbuchschreiber beteiligt bin, daß ich mich aufs höchste amüsiere und verwundere, wenn sie vorgeführt werden. Das Drehbuch ist ein Entwurf. Ein Entwurf, der realisiert wird. Aber es ist ein so diskutierbarer Entwurf, daß er auf unzählige Weisen interpretiert werden kann. Er kann dem Wortlaut nach respektiert und dem Geist nach verraten werden, durch ungeeignete Schauspieler und verschwommene Milieus. Daraus geht hervor, daß die Arbeit des Drehbuchautors fast immer gegen die Natur und undankbar ist: eine Ideentransfusion, die den Kranken nicht rettet. Angesichts eines Films, an dem ich mitgewirkt habe, fühle ich mich nicht bewegt und stolz wie die Be-

19 Mit Carlo Ponti und Federico Fellini (1959)

legschaft einer Werft, wenn das Schiff vom Stapel läuft: Ich weiß, daß das Schiff inzwischen dem Regisseur gehört.

Ich kenne Produzenten und Regisseure, die den Drehbuchautor regelrecht für überflüssig oder allenfalls für ein notwendiges Übel halten. Rossellini zum Beispiel läßt das Drehbuch zu seinem Film von vier Leuten schreiben, die sich mit Feuereifer daranmachen, dann wirft er das Drehbuch weg, geht zum Angeln und fängt den Film an, wie es ihm paßt. Ich kenne Produzenten, die sich ihre Drehbücher selber schreiben würden, wenn sie Zeit hätten. Die Wahrheit ist, daß sie keine Zeit haben. Und auch viele Regisseure haben keine Zeit. Der Drehbuchautor ist in diesen Fällen lediglich «einer, der Zeit hat». Seine Arbeit muß jedoch von Vertrauenspersonen des Produzenten oder des Regisseurs überprüft werden: Verwandten, die gut in Italienisch sind, Portiers, Sekretärinnen, Geliebten, kurz vom sogenannten Publikum. Eine Uhr kostet wesentlich weniger als ein Drehbuch, aber wenn sie kaputtgeht, würde es niemandem im Traum einfallen, sie selbst reparieren zu wollen. Alle in Italien sind jedoch überzeugt, ein Drehbuch reparieren zu können, alle sind überzeugt, den Trick herauszuhaben, wie es geht. Sehr viele der hundertfünfzig Filme, die alljährlich in Italien gedreht werden, sind nach diesem Muster entstanden.

Vierte Frage: «Welches sind die Unterschiede zwischen dem Bühnendialog, dem Romandialog und dem Filmdialog?» Also: Jedermann weiß, daß es sich dabei um gewaltige, fundamentale Unterschiede handelt. Soll auch ich wiederholen, daß die Leinwand die Gefühle vergrößert und daß daher das Wort nur eine Ergänzung des Bildes und keine Überlagerung sein darf? Daß der musikalische Kommentar oder das Schweigen an die Stelle des Dialogs treten können? Daß auf der Bühne zwei Personen lange über ihre Angelegenheiten reden und Ideen diskutieren können? Daß im Roman der Dialog indirekt sein kann und auf der Leinwand die Figur zahllose Mittel hat, um ihre Gefühle auszudrücken: zum Beispiel den Blick und «sogar» das Wort? Daß eine Filmpantomime wie *Lichter der Großstadt* auf den Dialog verzichten muß und ein Filmdrama wie *Rampenlicht* damit Mißbrauch treiben darf?

Auf die fünfte Frage werde ich antworten, daß die Zusammenarbeit zwischen Drehbuchautoren, wenn sie erfolgreich sein soll, *nicht* in völliger Uneinigkeit stattfinden darf, unter gegenseitiger Geringschätzung, ohne gemeinsame Ideen und Vorlieben. Die Arbeit an einem Drehbuch ist wie eine Gesellschaftsreise, die drei oder vier Monate dauern kann: Es empfiehlt sich, die geeigneten Gefährten zu wählen. Wenn man die geeigneten Gefährten wählt, kann das Drehbuch zu einer glücklichen Stätte der Begegnung und sogar der Zerstreuung werden. Ich zum Beispiel vermeide es, mit Regisseuren und Drehbuchautoren zusammenzuarbeiten, die überpünktlich sind oder in aller Frühe aufstehen und sofort hellwach mit präzisen Ideen daherkommen; oder die Klischees von sich geben und «Maschinchen» erfinden; oder mit Leuten, die einem die Filme erzählen, die sie gesehen haben, und die, die sie machen möchten. Ich fürchte niemanden so sehr wie einen, der gute Ideen für Filme hat und sie mir erzählen will. Ehrlich gesagt, ich habe immer mit netten Freunden zusammengearbeitet und die Dinge bis an den Rand des Scherzes getrieben, denn das Traurige bei einem Drehbuch ist, daß es einem, sobald es einmal im Kopierbüro gelandet ist, nicht mehr gehört und man es am besten gleich vergißt.

Drehbuchautor ist kein Beruf, sondern ein Übergangsstadium. Viele Drehbuchautoren werden später selber Filme drehen, andere welche produzieren, und wieder andere wollen, zwischen einem Drehbuch und dem nächsten, in Ruhe ihre eigenen Bücher schreiben. Aber da ist der Erfolg! Der Erfolg kann einen Drehbuchautor verderben, bis man ihn für unentbehrlich hält: Dann ist es aus, besser er sucht sich gleich eine andere Arbeit, denn sonst wird er tatsächlich unentbehrlich.

Letzte Frage: «Welche Probleme schaffen der neorealistische Film und insbesondere die neorealistische Figur für den Drehbuchautor?» Also, ich habe noch nie an einem Drehbuch für einen neorealistischen Film mitgearbeitet; und wenn einer dabei war, dann hat man versäumt, mich davon in Kenntnis zu setzen. Im übrigen glaube ich nicht, daß es Leute gibt, die, ehe sie anfangen, sagen: Diesen Film machen wir neorealistisch! Wenn das ginge, dann wäre der Neorealismus ein «Stil» und nichts weiter. Klären wir dieses Mißverständnis: Unter Neorealismus versteht man die Erkundung, die Erforschung einer aktuellen Wirklichkeit, zum Beispiel die Aufmerksamkeit, die bestimmte Autoren dem Menschen und der Gesellschaft von heute entgegenbringen, eine mit Strenge und Aufrichtigkeit durchgeführte Erkundung. Oder soll man unter Neorealismus jedwede Haltung von Sympathie gegenüber diesem Menschen und dieser Gesellschaft verstehen, auch wenn eine solche Haltung auf demagogischen, sentimentalen und polemischen Voraussetzungen beruht? Es ist klar, daß wir im zweiten Fall als Film geschminkten schlechten Journalismus, Pamphletismus, Geschwätzigkeit bekommen werden (beziehungsweise schon bekommen haben). Im ersten Fall bekommen wir, vorausgesetzt, daß die Ernsthaftigkeit der Erkundung mit dem Glück der Entdeckung korrespondiert, ein Kunstwerk. Und jedes Kunstwerk löst seine eigenen Probleme, während es sie schafft: Insofern erscheint mir die Frage unnütz.

Ennio Flaiano

*

Rom, 24. April 1955

Lieber Fellini,

das war ein Fehler von Dir, Pinelli und mir nichts von Deiner Pressekonferenz über den *Bi-*

done zu sagen. Du wolltest Dich als den einzig Verantwortlichen für eine Geschichte hinstellen, die noch gar kein Film ist, sondern erst ein Drehbuch, ohne dabei zu berücksichtigen, daß dieses Drehbuch auch von Pinelli und mir geschrieben wurde, daß wir es Stück für Stück in fünfmonatiger Arbeit erfunden haben; daß wir brüderlich darum gekämpft haben, daß Du das Filmprojekt nicht aufgibst. Alles vergessen? Gut. Schon bei anderen Gelegenheiten, immer am Ende einer gemeinsamen Arbeit, war Dein Verhalten uns gegenüber wenig loyal. Letztes Jahr hast Du im *Mondo*, der auf meine Veranlassung hin auf Dich zukam, das Histörchen vom Dichter mit seinem Papier und seiner Tinte in die Welt gesetzt; dieses Jahr findet sich die Inhaltsangabe des Films in allen möglichen Zeitungen, ohne irgendeinen Hinweis auf die Autoren. Dein System der Propaganda könnte uns gleich sein, wenn es uns nicht traurig machte. Ich sage Dir auch, daß dieses Verhalten Pinelli und mir gegenüber, obwohl Du doch genau weißt, was Du Pinelli und mir verdankst, alles andere als anständig ist. Ich könnte Dich mit Deiner Eitelkeit entschuldigen, aber wenn ich daran denke, daß zwischen uns nicht nur Bindungen der Arbeit, sondern auch der Freundschaft bestanden, finde ich keine Entschuldigung mehr. Wir sind mitten in Rosselini, aber ohne Grandezza. An diesem Punkt, lieber Fellini, muß ich Dir ehrlich sagen: Mach ruhig so weiter, aber zähle nicht mehr auf mich.

Viele Grüße *Ennio Flaiano*

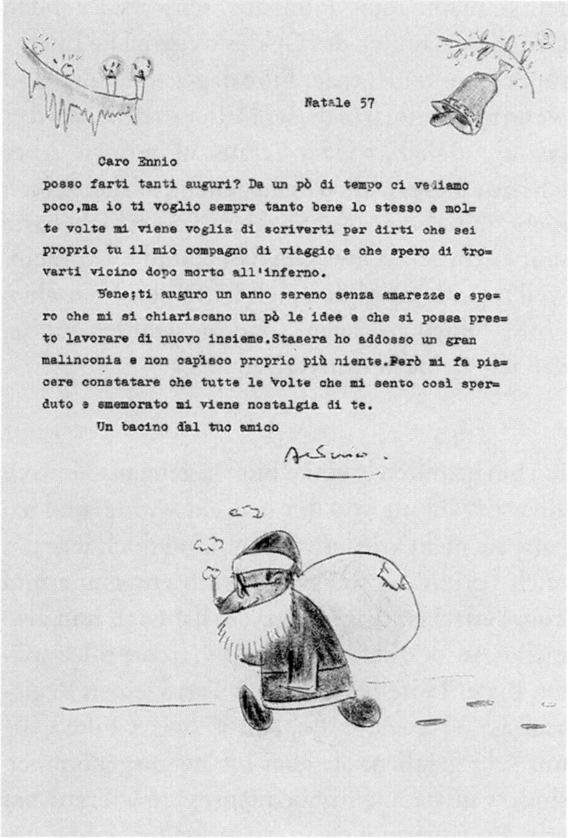

Natale 57

Caro Ennio
posso farti tanti auguri? Da un pò di tempo ci vediamo poco,ma io ti voglio sempre tanto bene lo stesso e mol= te volte mi viene voglia di scriverti per dirti che sei proprio tu il mio compagno di viaggio e che spero di tro= varti vicino dopo morto all'inferno.

Bene;ti auguro un anno sereno senza amarezze e spe= ro che mi si chiariscano un pò le idee e che si possa pres= to lavorare di nuovo insieme.Stasera ho addosso un gran malinconia e non capisco proprio più niente.Però mi fa pia= cere constatare che tutte le volte che mi sento così sper= duto e smemorato mi viene nostalgia di te.

Un bacino dal tuo amico

20 Weihnachtsgrüße von Fellini an Flaiano (1957)

Ich brauchte den Film aus schwerwiegenden Gründen, nämlich des Geldes wegen. Die Literatur bot es mir nicht, der Film dagegen schon. Und wenn man einmal in dieser Mühle drin ist, wird es fast unmöglich, wieder herauszukommen. Aber ich habe dieses Milieu nicht geliebt, ich habe mich nicht mit dieser Arbeit identifiziert, ich hatte immer ein schlechtes Gewissen, und zwar nicht, weil ich mir einbildete, ich hätte den Menschen große Dinge zu sagen, sondern weil ich fühlte, daß ich meine Natur verriet.

*

Ich bin heimlich in einen Film gegangen, der nach einer Erzählung von mir gedreht wurde, und ich habe sie nicht wiedererkannt. Und doch war um mich herum die Rede von Autorenrechten und künstlerischem Eigentum. Da habe ich nun also meine Autorschaft verwirkt. Ich tröste mich später, in der Hotelhalle, wo ich Tretti, einen Regisseur aus Vicenza, treffe, Autor zweier Filme, die mir sehr gefallen, die aber nie herausgekommen sind, weil sie allen unbequem waren. Tretti hat sein Privatvermögen in diese beiden Filme gesteckt und immer noch nicht die Hoffnung aufgegeben, daß das Publikum sie eines Tages doch zu sehen bekommt. Wer wird ihm jetzt noch helfen können? Sein gelassener Optimismus verschlägt mir die Sprache. Er hat mir von einem dritten Film erzählt, den er anbieten möchte ... wem? Tretti ist der typische halsstarrige Autor, der das Spiel der Interessen noch nicht durchschaut hat und vielleicht auch nie durchschauen wird – und ebendeshalb schätze ich ihn und mag ihn. Sollte er Nicht-Italiener sein?

*

Leserbrief. Lieber Benedetti, in der kurzen biographischen Notiz über mich, die in Deinem *Espresso* Nr. 12 erschienen ist, findet sich eine Ungenauigkeit: nämlich daß ich außer Drehbuchautor und -bearbeiter auch Filmregisseur sei. Das bin ich nicht. Ich halte es für klug, noch hinzuzufügen, daß ich nicht einmal Schauspieler, Kameramann, Komponist oder Produzent bin. Für gewöhnlich bin ich Zuschauer; vor vielen Jahren war ich auch noch Kritiker, habe aber damit aufgehört, weil es mir komisch vorkam, für den Film zu schreiben und gleichzeitig über die Filme anderer zu urteilen (aber normalerweise macht man das). Was meine Interessen betrifft, so sind dies der Tourismus, die Astronomie, die Schönschrift, die Etruskologie, die Vulkanologie und die Literatur – kurz, die von allen anderen auch. Herzlich Dein E.F.

*

Nie war eine Zeit so günstig für Narzisse und Exhibitionisten wie die unsere. Wo bleiben die Heiligen? Wir werden uns damit zufriedengeben müssen, im Geruch der Öffentlichkeit zu sterben.

*

Die Schauspielerin kann zwar nicht spielen, aber sie ist in diesen Tagen trotzdem sehr beschäftigt. Sie muß einige Bilder für ihre Ausstellung fertigmalen, ihre Wohnung renovieren, einen Verleger für ihren Roman finden und schließlich einen Selbstmordversuch unternehmen. Wird sie das schaffen?

*

«Und nach diesem Ihrem ersten Mord, mit dem Sie soviel Erfolg hatten, was planen Sie jetzt Schönes?»

«Hm, ehrlich gesagt ...»

«Haben Sie noch kein neues Projekt?»

«Doch, ja, ich möchte eine alte Idee von mir verwirklichen, ein Blutbad, aber es ist noch zu früh, darüber zu reden.»

«Vielen Dank. Wir sind sicher, daß Sie sich auch in diesem Fall auf der Höhe Ihres Ruhms bewegen werden. Und jetzt, zum Schluß, möchten Sie jemanden grüßen?»

«Ja, zuallererst möchte ich die von der Justiz grüßen und dann meine liebe Mamma. Tschau, Mamma!»

*

«Und sagen Sie uns, Signorina, sind Sie immer schon so hübsch gewesen, auch als Kind?»

«O nein, als Kind war ich eher häßlich, und zwar so, daß meine Leute beschlossen, mich auf die Schule zu schicken. So habe ich drei Jahre Mittelschule gemacht, mit Wiederholungen,

21 Karikatur von Mino Maccari

um Zeit zu gewinnen, bis ich dann mit sechzehn besser aussah.»

«Und das hat es Ihnen schließlich erlaubt, die Studien aufzugeben und sich der Prostitution zu widmen?»

«Ja, genau.»

«Man kann also sagen, daß auch Sie zu kämpfen hatten, um Ihren Weg zu machen.»

*

Das Mädchen küßte den Frosch und wurde zur Kröte.

*

Das brave kleine Dienstmädchen hatte nur einen Ehrgeiz: Schauspielerin zu werden. Sie wurde es und spielte die Dienstmädchenrollen schlecht.

*

Die Sonntagsmaler gibt es nicht mehr, heute gibt es die Sonntagsregisseure. Ich kenne so einen, der hat einen Film mit seiner Frau und dem Dienstmädchen gedreht.

*

Ausgestreckt auf der Couch seines Arbeitszimmers, betrachtete der Filmregisseur mit halbgeschlossenen Augen seine Mutter. Er dachte: «Das Gesicht hätte sie, aber ich fürchte, daß sie nicht reden und sich nicht bewegen kann. Gut, es geht nur um zwei Sätze, ich könnte sie synchronisieren, aber würde das natürlich wirken?»

Die Mutter, die sich beobachtet fühlte, lächelte. «Willst du etwas essen?» fragte sie.

Der Regisseur stand auf, ohne dabei die Mutter aus den Augen zu lassen, und sagte: «Mamachen, würde es dir was ausmachen, dich für einen Moment auf die Couch zu legen?»

Die gute Frau legte ihr Strickzeug beiseite und setzte sich artig auf die Couch, in dem Versuch zu verstehen.

«Mama», sagte daraufhin der Regisseur, «ich habe dir doch gesagt, du sollst dich hinlegen. Wenn ich ‹hinlegen› sage, dann meine ich ‹hinlegen›. Bitte sei so gut und laß mich nicht alles zweimal sagen!»

Die Mutter legte sich auf die Couch und wartete, während ihr Sohn sie betrachtete und dachte: «Es sieht ziemlich echt aus.» Dann sagte er: «Jetzt, Mamachen, jetzt machst du die Augen halb zu und schaust auf mich, als ob du im Begriff wärst zu ... äh, dich unwohl zu fühlen.»

«Warum, mein Sohn, was hast du vor?» fragte die Mutter ängstlich und erhob sich wieder zum Sitzen.

«Runter», herrschte der Regisseur sie an. Und er fügte hinzu: «Gar nichts. Schau mich nur so an, als ob du dich nicht wohl fühlen würdest. Alles übrige laß meine Sorge sein. Rede, was dir gerade in den Sinn kommt, aber sprich leise, mühsam, verstehst du?»

«Was soll ich denn sagen, mir fällt nichts ein», meinte die Mutter.

«Der Blick!» rief der Regisseur, zunehmend

gereizt. «Hältst du das vielleicht für den Blick einer Mutter? Mehr Seele!» Er zündete sich eine Zigarette an und fuhr fort: «Du mußt mich voll Verzweiflung anschauen, aber beherrscht, du weißt, daß du mich zum letztenmal siehst. Los, probieren wir es noch einmal. Willst du ein bißchen Musik? Rachmaninow? Puccini? Also gut. Ich lege dir die *Butterfly* auf.»

Der Regisseur legte eine Schallplatte auf, und die Klänge einer Romanze erfüllten das Arbeitszimmer. Die Mutter fühlte sich unbehaglich.

«Und jetzt, was soll ich sagen?» fragte sie, ohne den Blick von ihrem Sohn zu wenden.

«Rede, schließ die Augen, seufze und laß die Hand auf der Seite herunterfallen, bis zum Boden», sagte der Regisseur. Aber als die Mutter die Bewegung ausgeführt hatte und die Augen wieder öffnete, sah sie, daß ihr Sohn sie unzufrieden anstarrte.

*

Der Durchschnittsmensch ist Gegenstand der Lächerlichkeit und des Tadels. Keiner möchte ihm gleichen, aber alles, was man tut, tut man seinetwegen: um ihm zu gefallen.

*

Das Fernsehen bringt mich zum Einschlafen, aber ohne Befriedigung, wie die echten Schlafmittel auch.

*

Glaub mir, die Sache hat mich so beeindruckt, daß ich kein Auge zugetan habe, den ganzen Nachmittag lang.

*

Ende des Interviews: «Glauben Sie, daß das Fernsehen das kulturelle Niveau des Publikums gesenkt hat?» «Nein, ich glaube, daß es das kulturelle Niveau der Intellektuellen gesenkt hat.»

*

Der Produzent will einen Film nach einer Komödie aus dem vorigen Jahrhundert machen. «Das Publikum scheint irgendwie desorientiert, und man muß ihm etwas Sicheres, Handfestes, solid Gemachtes bieten, keine ‹neue Welle›, aber ... natürlich ... also schon so, daß alles ein bißchen, das heißt ziemlich, kurz: genügend sexy wirkt. Der Regisseur und die Schauspieler werden das Ihrige dazu tun, aber es ist notwendig, genügend pikante Situationen zu erfinden, einige Szenen vom Eßzimmer ins Schlafzimmer zu verlegen ... Haben wir uns verstanden?» Langes Schweigen, dann F., kopfschüttelnd: «Das geht nicht, es sei denn, man verlegt die Handlung in unsere Tage. Der Sex ... ja, das was man sexy nennt», und er lächelt, «ist eine kommemorative Handlung, die den Striptease mit unseren eigenen Kleidern voraussetzt, mit denen, die wir tragen, und nicht mit denen, die unsere Vorfahren getragen haben.» Der Produzent schaut ihn besorgt an. «Ja», fügt F. hinzu, «das Kostüm einer anderen Epoche wirkt auf den Kinozuschauer wie eine Erinnerungshemmung, eine Bremse, eine Blockierung ...» Der Produzent klappert mit den Augendeckeln. «Ja», beharrt F., «das Kostüm läßt uns an unsere Verstorbenen denken, an die Großeltern, und es macht uns kein Vergnügen, unsere Großeltern in heiklen Situationen zu sehen. Wir bewahren schließlich eine gewisse Achtung vor ...» Erneutes Schweigen. «Gut», schließt F. und erhebt sich, «wir können ja jemanden anrufen, einen Psychoanalytiker meinetwegen, und nähere Informationen über diesen Punkt einholen, uns die Sache erklären lassen, aber ich glaube, daß jedes ‹Sexy›-Experiment außerhalb unserer Zeit im besten Fall historisch wirkt, das heißt nicht instinktiv und natürlich, sondern kulturell.»

Bei diesem Wort erschaudert der Produzent ein wenig und hebt resigniert die Arme. F. nutzt das aus, um wieder ans Meer zurückzurennen.

*

Er ging jeden Abend ins Kino: So erinnerte er sich im Leben nur an die Handlungen, vergaß die Beschreibungen und hatte keine Vorstellung von den Konsequenzen.

*

Gestern abend war ich im Kino. Während der unangenehmen Wartezeit bis zum Anfang war der Saal nur schlecht erleuchtet. Außerdem: Im

22 Flaiano, von Fellini karikiert

Gegensatz zu den Zuschauern im Theater sehen die Zuschauer im Kino immer so aus, als ob sie sich schämten, und sie verteilen sich in den leeren Reihen, bleiben in ihre Sessel versunken, ohne sich umzudrehen oder aufzustehen. Als ob sie düstere Pläne ausheckten. Viele ergehen sich in der Betrachtung der Decke.

Inzwischen flimmerten Reklame-Dias von Friseursalons, Möbelgeschäften, Reinigungen, Hühnerfarmen etc. über die Leinwand. Die Kurzfilme, die darauf folgten, behandelten mit aufdringlicher Ernsthaftigkeit Themen wie: Was muß man sich in die Haare schmieren, damit sie glänzen? Warum sind bestimmte Töpfe zu bevorzugen? Was macht eine Frau beim Abspülen glücklich? Warum aktiviert ein reiner Atem das Gefühlsleben? Dann saß eine kleine Familie, die mir bekannt vorkam (oder sehen die alle gleich aus?), am Tisch und aß Mayonnaise. Schließlich erschienen junge Burschen und Mädchen, die an einem Strand Fangen spielten und sich in die Wellen stürzten, aufs beste geschützt durch eine Hautcreme. Andere junge Leute, in Abendgarderobe, tranken Alkoholisches. Alle Flirts führten zu einem befriedigenden Ende: Der junge Mann schaute das Mädchen an und lächelte, das Mädchen lächelte zustimmend zurück. Wahrscheinlich waren sie glücklich.

Als der eigentliche Film begann, fühlte ich mich nicht nur erschöpft, sondern auch beunruhigt von der Vorstellung, nicht in meiner Zeit zu leben, die Gesellschaft nicht zu lieben, «die Jugend nicht zu verstehen». Diese Jugend auf der Leinwand, die endgültige Wahrheiten von sich gab, das war also «mein Nächster»? War es möglich, daß sie mir nichts anderes zu sagen hatte? Ich setzte die gleiche schuldbewußte und erwartungsvolle Miene auf, die die anderen Zuschauer bereits hatten, und dabei wurde ich den Verdacht nicht los, daß der Massenmensch sein Vergnügen nicht von der Sünde trennen kann, die an seinem Ursprung liegt und ihn daher bedingt: die Unzufriedenheit mit dem eigenen Zustand, der Wunsch, ihm auf dem Weg über gefällige Träume zu entrinnen ..., Träume, die sich die Werbung zu ihren Komplizen macht.

*

Angenommen, ein Kinobesitzer sähe sich genötigt (setzen wir einmal einen so extremen, ja verzweifelten Fall), ein Buch zu kaufen, ginge in eine Buchhandlung und erhielte, nachdem er den gewünschten Titel verlangt hat, die Antwort: «Mein Herr, Sie bekommen das Buch, wir ersuchen Sie allerdings, den Preis dafür vorab zu entrichten. Doch ehe Sie sich in die Lektüre vertiefen, wollen Sie bitte noch unseren folgenden Darbietungen Ihr Ohr leihen.» Und er sähe sich gezwungen, denn sonst wäre das bereits gezahlte Geld verloren, sich auf der Stelle folgendes anzuhören: a) einen Auszug aus dem nächsten Roman eines Autors, den er verabscheut; b) ein Epos über die Herstellung von Schokolade; c) ein Sonett über die Vorzüglichkeit einiger Waschmittel, die aus Erdöl gewonnen werden; d) eine bewegte und fröhliche Chronik mäßig interessanter Ereignisse der vergangenen Woche, wie: die Einweihung einer scheußlichen Kirche, ein Viehmarkt, die Rede eines Politikers vor dem Parlament, ein Fußballspiel und die Immatrikulationsfeier in der Universität; und dann, nach kurzer Pause: e) ein Gedicht in Farbe über die Amalfitanische Küste; f) eine bestimme Anzahl von Adressen von Geschäften; g) eine Erläuterung der Vorteile, die ihm durch den Gebrauch eines Staubsaugers erwüchsen; und schließlich h) eine Schallplatte mit drei neapolitanischen Liedern: Wenn dieser Kinobesitzer also eine halbe Stunde lang solche und ähnliche Darbietungen über sich ergehen lassen müßte, ehe er in den Besitz des Buches käme, das er schon bezahlt und dessentwegen er die Buchhandlung überhaupt betreten hat, nur weil der Buchhändler einen gewissen Nutzen aus seinen launigen Auflagen zieht, hätte er da vielleicht nicht das Recht, «Nieder mit den Buchhändlern!» zu rufen und den Freuden des Lesens zu entsagen? Natürlich, und wer könnte es ihm verdenken? Auf der anderen Seite dürfte sich auch der unbedachte Buchhändler nicht beklagen, wenn seine Kunden, durch derartige Usancen verschreckt, entschlossen der Buchhandlung fernblieben und ihr Geld lieber im Kino ausgäben, wo derlei Übergriffe nicht erlaubt sind.

*

23 Flaiano bei Aufnahmen zum Fernsehfilm *Oceano Canada*

Es läutet an der Tür, und als ich aufmache, streckt mir ein freundliches, bildhübsches Mädchen ein Paket Waschpulver hin und fängt an, mir zu erklären, was ich damit tun soll. Alles gratis. Sie macht diese Arbeit, um sich ihren Lebensunterhalt zu verdienen, und das weckt in mir ein Gefühl der Anerkennung für ihre Ehrlichkeit, für die Achtung sich selbst gegenüber. Zum Schluß, ehe sie wieder geht, bemerkt sie: «Und jetzt, mein Herr, erlauben Sie mir noch, Ihnen zu sagen, daß eine bloß weiße Wäsche heute nicht mehr genügt.» Sie geht weg, errötend angesichts meiner amüsierten Verblüffung, wie das kleine Mädchen, das sein Gedicht aufgesagt hat und sich beim Beifall schnell verbeugt. Es wird noch so weit kommen, denke ich, daß auch die unschuldigsten, unerwartetsten und sogar erfreulichsten Begegnungen im Zeichen der Werbung stattfinden. Ich erinnere mich an Charlie Chaplin und seinen wunderschönen Film, ein Vermächtnis der Niederlage und der Melancholie, den das Publikum aus der gleichen Enttäuschung heraus ablehnte, die es ihm 1947 eingegeben hatte, *Monsieur Verdoux* abzulehnen: eine Enttäuschung aus konventionellen Vorurteilen. Zwischen den Autoren und dem Publikum hat sich ein Dialog angebahnt, den man nicht vorzeitig durch plötzliche und unangenehme Wahrheiten unterbrechen darf. Man kann sich über die Wahrheiten unterhalten, an die wir schon gewöhnt sind: skurrile, gewagte oder sentimentale, die uns bewegen, uns das Gefühl geben, als wären wir Dichter, sensibel, großzügig, «offen» für alle Probleme. Von Charlie Chaplin verlangen wir außerdem amüsante und gefühlvolle Wahrheiten. Wenn Charlie Chaplin uns suggeriert, daß man sich heute eine neues Gesicht machen lassen muß, weil das, das wir haben, keinem mehr gefällt, sagt er eine zwar im Moment unangenehme Wahrheit, die aber die Werbung in Kürze zu einer gängigen machen wird. «Und jetzt, mein Herr, erlauben Sie mir noch, Ihnen zu sagen, daß Ihr Gesicht nicht mehr genügt», wird uns eines Tages das freundliche und hübsche Mädchen erklären, dem wir unvorsichtigerweise die Tür aufgemacht haben.

24 Flaiano in Cinecittá

Dieses Volk von Heiligen, von Dichtern, von Seefahrern, von Neffen und Schwägern …

Irgendein Typ ruft mich an, um mir zu sagen, daß er eine kleine Umfrage veranstalte, und er möchte, daß ich ihm folgende Frage beantworte: Welche Nationalität ich gerne hätte, wenn ich kein Italiener wäre?

Wir leben im Jahrhundert der Umfragen. Ich schließe die Augen, atme tief durch und antworte: «Zuallererst müßte man beweisen, daß ich überhaupt Italiener bin. Sehen wir zu, ob uns das gelingt, durch eine demonstratio per absurdum, aber ich habe wenig Hoffnung. Nun: Ich bin kein Faschist, ich bin kein Kommunist, ich bin kein Christdemokrat: Mir bleiben also vielleicht noch zwanzig Möglichkeiten von hundert, Italiener zu sein. Ich schreibe und spreche meinen Dialekt nicht, ich hänge nicht sonderlich an der Stadt, in der ich geboren bin, ich ziehe das Ungewisse dem Gewissen vor, ich bin einer, der dazu neigt, freiwillig zurückzutreten, ich verabscheue den Paternalismus, die Diktaturen und die großen Redner. Das Fußballspiel begeistert mich nicht, ich würde es noch ertragen, wenn die Spieler auf dem Platz zwanzigtausend und die Zuschauer zweiundzwanzig wären. Ich höre kein Radio und sehe nicht fern: Deshalb kenne ich auch die entsprechenden Stars nicht, von deren Leben und Wundertaten einem alle zu berichten wissen. Ich zahle meine Strafzettel, ich habe keine Freunde in den wichtigen Ämtern, und es wäre mir peinlich, mich an einem Stellen-Wettbewerb zu beteiligen. Ich kann nicht singen, und ich höre es auch nicht gern, wenn andere singen, es sei denn im Theater. Ich schreibe keine Gedichte. Bin ich Italiener? Ich habe immer noch dieselben Freunde, es macht mir Vergnügen, durch Italien zu reisen, und fast jeder Ort bezaubert mich, so daß ich am liebsten dort bliebe. So gesehen, könnte ich Engländer sein. Die großen Probleme der Welt machen mich ratlos, und ich habe keineswegs zu jedem von ihnen eine genaue und definitive Meinung: Bin ich vielleicht Indianer? Ebenso halte ich mich für ziemlich zurückhaltend in der Beurteilung meines Nächsten, ich finde, daß die meisten Menschen, die ich kenne, ganz prima sind, und wünsche ihnen alles Gute. Eskimo? Ich lese Bücher italienischer Autoren, klassische wie moderne, und ich bewundere unsere Künstler, und in dieser Hinsicht könnte ich mich als Amerikaner bezeichnen. Ich liebe die Sonne, das warme Meer, die Toskana und die Campagna, und darin könnte ich mich als Deutschen erkennen. Wenn ich ein Museum besichtige, rede ich nicht mit lauter Stimme, und wenn ich eine Bibliothek aufsuche, lege ich es nicht darauf an, ein Buch oder dessen Illustrationen mitgehen zu lassen.

Bin ich vielleicht Schwede? Ich interessiere mich nicht für die Gerichtsprozesse, die Verbrechen, das mondäne Leben. Eremit? Ich schreibe meinen Namen nicht auf die Ruinen oder an die Wände der Baudenkmäler. Analphabet? Ich zahle meine Schulden, ja ich vermeide sogar, welche zu machen, ich hege keine Bewunderung für die großen Qualitäten von Völkern, die ich nicht kenne, der Tod schreckt mich nicht, ich bin gern nachts unterwegs, und eine Gesellschaft, die aus mehr als vier oder fünf Leuten besteht, langweilt mich offen gestanden. Spanier? Im Zug erzähle ich keine Episoden aus meinem Leben, und ich gebe auch keine Urteile über Süditalien von mir, bei den Männern interessiert mich ihr Charakter, bei den Frauen bewundere ich auch die Intelligenz, die keinerlei Gefühle von Neid oder Verächtlichkeit in mir auslöst. Und trotzdem könnte es unleugbar sein, daß ich Italiener bin: Tatsächlich behagt es mir zu schlafen, den Unannehmlichkeiten aus dem Weg zu gehen, wenig zu arbeiten, Spaß zu machen, und ich habe einen miserablen Charakter, zumindest mir selbst gegenüber. Kurz und gut, nach alldem wüßte ich tatsächlich nicht, was ich anfangen sollte, wenn ich kein Italiener wäre. Wahrscheinlich wäre ich nichts, und das beweist im Grunde, daß ich wirklich Italiener bin. Und Ihre Frage? Die bleibt ohne Antwort. Trösten Sie sich mit dem Gedanken, daß für viele das Italienersein keine Sache der Nationalität ist, sondern ein Beruf.»

*

Ich gehöre zur schweigenden Minderheit. Ich bin einer von denen, die nichts mehr zu sagen haben und bloß noch warten. Worauf? Daß sich alles klärt? Das ist unwahrscheinlich. Das Alter hat mir die Gewißheit gebracht, daß sich nichts klären kann: In diesem Land, das ich liebe, gibt es nicht bloß *die* Wahrheit. Wesentlich kleinere und wichtigere Länder als das unsere haben ihre einzige Wahrheit, wir dagegen haben ungezählte Versionen von ihr. Die Gründe? Ich überlasse es den Historikern, den Soziologen, den Psychoanalytikern, den Diskussionsrunden, uns diese Gründe aufzuzeigen, ich erleide ihre Auswirkungen. Und mit mir noch ein paar andere: Denn fast alle haben uns eine Lösung vorzuschlagen: «ihre» Wahrheit, das heißt etwas, das nicht im Widerspruch zu ihren Interessen steht. Zu der Diskussionsrunde wird man auch einen Kunsthistoriker hinzuziehen müssen, damit er erklärt, welchen Einfluß das Barock auf unsere Denkweise ausüben konnte.

Tatsächlich ist in Italien die kürzeste Linie zwischen zwei Punkten die Arabeske. Wir leben in einem Netz von Arabesken.

*

Früher einmal glaubte ich, daß das Gegenteil einer Wahrheit der Irrtum sei, und das Gegenteil eines Irrtums die Wahrheit. Heute kann eine Wahrheit als Gegenteil eine andere, ebenso gültige Wahrheit haben, und der Irrtum einen anderen Irrtum.

25 Der Spaziergänger durch Rom (Trastevere)

Das Meer

[...]Langer Spaziergang heute morgen am Ufer, vor dem Fischerdorf, das zur Modesiedlung geworden ist, über den Arrone hinaus, in Richtung Passoscuro. Vier oder fünf Kilometer Strand. Links ein Meer, das weiß, daß es schuldig ist, und wie ein nasser Hund aussieht und auch so riecht. Rechts, soweit das Auge reicht, eine Sandfläche, die noch vor knapp zehn Jahren seltsame violette Blumen hervorgebracht hat, Nadelgewächse, die die Dünen krönten, und Fettpflanzen, die den Sand aufhielten – und jetzt ist es eine friedliche Müllgrube.

Das Meer lädt seine Konservendosen hier ab, die Abfälle von den Yachten und von den Öltankern, Ladungen von verfaultem Obst. Der Arrone trägt Grasbüschel her, ganze Sträucher, die Stämme vermoderter Pinien, eine Katze. Und dann die leeren Farbkanister, mit deren Inhalt man die Sommerhäuser verschönert hat. Die römischen Badegäste schließlich, die mit dem Kuckuck die Neigung teilen, das eigene Nest zu beschmutzen, lassen ihre Flaschen dort zurück, die Essensreste, die glanzlos gewordenen Plastikspielsachen, die eingedrückten Bälle, einzelne Holzsandalen, kaputte Schwimmreifen. Und die Zeitungen.

Mir fällt die Ruhe dieser Badenden auf, die Unbekümmertheit, mit der ganze Familien auf diesem Sand ihr Sonnenbad nehmen und dabei höchstens die hinderlichsten und gefährlichsten

Gegenstände ein wenig beiseite räumen, die Kisten mit den herausstehenden Nägeln, die aufgeschlitzten Matratzen, die zerbrochenen Flaschen.

Ein dickbäuchiger Herr macht den letzten Zug an seiner Zigarette und wirft sie dann ins Meer, wie in einen riesigen Naturaschenbecher.

Keiner weiß, wer diesen Strand sauberhalten muß. Oder aber die Wahrheit ist viel bescheidener: Keiner kommt auf den Gedanken, daß ein Strand auch sauber sein kann. Welche Dinge sauber, ja blitzblank zu halten sind, das wissen wir: die Fußböden und die Möbel. Und natürlich das Auto. Alles übrige kann dem Zufall überlassen bleiben – und soweit es einen Strand betrifft, den winterlichen Sturmfluten.

Sobald ein leichter Wind aufkommt, erheben sich die Zeitungen, die von vor einem Monat und die von heute, zu einem Flug über den Boden hin, wie aufgescheuchte Möwen; und das ist das letzte Zeichen, das an das Meer von früher erinnert, als die Möwen noch kamen, als man ungestraft eine Faust voll Sand nehmen und ihn, wie der Dichter sagt, «in Muße über die Handfläche rinnen lassen» konnte.

*

Die Italiener lieben die Natur nicht, weil sie selbst in der Natur «sind». Das war der Beginn eines Gesprächs mit L., in einer Fischerkneipe, nahe der Mündung des Arrone. Wir klagten darüber, daß die Fischer selber den Strand in eine platte, verbrannte, staubige Ödnis verwandelt und dabei fast alle die siebenundvierzig Pflanzenarten zerstört haben, die die Mittelmeer-Macchia bilden und voneinander abhängen (das heißt, eine hilft der anderen zu leben). Wir erinnerten uns an diesen Strand, als er noch idyllisch und feierlich war, wie geschaffen für das Anlegen eines Äneas, übersät von Tamarisken, Disteln, wilden Kirschbäumen, Wacholderbüschen: stachelige, grüne Knäuel, die die jungen Steineichen gegen das Salz schützten, und diese schützten ihrerseits die alten Pinien des Waldes. Diese Macchia, die sich bis zum Ufer hin mit ihren Nadelhölzern, ihren violetten Blumen, ihren üppigen Fettpflanzen in allen Schattierungen abstufte und die immer mächtigere und unüberwindlichere Dünen formte, denen der Libeccio und der Maestrale keinen Eindruck machten, diese Macchia ist inzwischen verschwunden. Wenn jetzt ein Auto vorbeifährt, erhebt sich eine Riesenstaubwolke. Wir fragten uns also, wieso die Fischer (die doch das Meer und die Winde kennen) die Notwendigkeit nicht begriffen haben, diese von der Natur errichtete Vegetationsordnung zu erhalten, die ihre Häuser schützte und ihr Klima regulierte. Nun gut, die Antwort ist die, die wir bereits gegeben haben. Angesichts einer Landschaft fühlt sich der «arme» Italiener nicht ergriffen, das heißt, er sieht sie nicht als etwas Harmonisches und Unberührbares (als etwas, wenn man so will, das Empfindungen weckt und Erinnerungen hütet), sondern er zerlegt sie in ihre einzelnen nützlichen Elemente. Das, was ihm dient, nimmt er sich, den Rest zerstört er. Kurz, er handelt als ein so sehr in die Natur eingebundenes Wesen, daß er nicht mehr die Fähigkeit hat, sie zu bewundern, sondern nur noch die, sich ihrer zu bedienen. In gewisser Hinsicht ist der «arme» Italiener ein Nagetier.

Aber der «reiche» Italiener ist vielleicht noch etwas Schlimmeres. Der «Reiche» begreift die Landschaft als Ornament seines Besitzes, und es gelingt ihm sogar, sie in zwei Kategorien zu unterteilen: in eine Repräsentationslandschaft und in eine Dienstleistungslandschaft. Um diese für sein Prestige unerläßlichen Landschaften zu erhalten, betätigt sich der Reiche als Verwüster, walzt die Dünen platt, die ihm den Blick aufs Meer verstellen (das ihm, nach Flaubert, «tiefe Gedanken eingibt»), hebt aus, füllt auf, nivelliert, parzelliert, reißt die Büsche aus und pflanzt Bäume, die nicht gedeihen, errichtet Mäuerchen und Gitterwerk, verziert sie, plaziert sein Haus eine Handbreit vom Ufer oder setzt es mitten in den Wald und läßt die Gäste einen Baumstamm bewundern, der von oben nach unten durch sein Wohnzimmer geht. Kurz, auch er verändert die ursprüngliche Landschaft, die ihm nicht elegant, nicht ordentlich, vor allem aber nicht modern erscheint. Und wo er kann, klebt er eine Schicht Asphalt darüber.

Schlußfolgerung (und die ganze Küste Latiums ist dabei, zum Beweis dieser Tragödie zu werden): Sowohl der «Arme» wie der «Reiche» zerstören die Natur. Der eine, weil er ein Teil von ihr ist, der andere, weil er sie nach seinem Bild und Gleichnis schaffen will. Wird die Verwüstung bestimmter Örtlichkeiten unaufhaltbar? Oft erfüllt uns der Gedanke, in einem Land zu leben, das allmählich in Häßlichkeit zerbröckelt, mit Scham.

*

Die Weisheit bestimmter alter Bäume erfüllt mich mit Ehrfurcht. Jeder von uns ist, glaube ich, an die Bäume seiner Erde gebunden, so wie jeder Mann eines schönen Tages entdeckt, daß er auch sein Vater und sein Großvater ist – und daß darin die einzig mögliche Unsterblichkeit liegt.

*

Die kleine Schwedin, die gesehen hat, wie die Wachtelschwärme vom Meer her kamen und sich entkräftet im Unterholz niederließen, um Atem zu schöpfen, weiß, daß schon ein Heer von Jägern bereitsteht. Also versucht sie, das Leben dieser armen Zugvögel zu retten, indem sie mit einer Stange im Gebüsch herumstochert und ruft: «Schnell, fliegt weg, die bringen euch um!» Auch ihr Freund soll mitten in der Nacht aufstehen und ihr helfen, die Wachteln vor der Gefahr zu warnen, die sie im Morgengrauen erwartet. Sie weiß nicht, daß die Jäger dazu dasind, wahllos die schwachen Arten zu eliminieren. Sie

26 1970) Mit dem Schriftsteller Rigoni Stern, nach der Veröffentlichung ihres Disputs im «Espresso» über Sinn, Moral und Nützlichkeit der Jagd.

begegnet einem von ihnen und erklärt ihm, daß es nicht fair, vor allem aber auch nicht sportlich sei, auf ein vor Müdigkeit erschöpftes Tier zu schießen. Der Jäger lächelt, während er ihre Beine und ihren Busen mustert. Auf dem Heimweg sieht sie, wie ein Mann, ein braver Mann, den sie kennt, in seinem Garten zwischen den Kohlköpfen sucht und zwei Wachteln herauszieht. «Die gibt's jetzt gleich zum Essen», erklärt der Mann freudig. «Nein, nein, nein!» schreit das Mädchen verstört. Der Mann sieht sie verständnislos an, macht die schüchterne Geste eines Geschenks, ändert seine Meinung wieder und steckt die Wachteln in die Tasche. Das will jedoch nicht heißen, daß die Bewohner dieses Dorfes am Meer nicht reich an Tugenden, Freundlichkeit, menschlicher Wärme wären, unerschütterlich in ihrem Starrsinn und oft Träger uralter Melancholien.

*

Ich liebe die Tiere. Ich liebe die Tiere, weil sie an uns glauben. Sie fürchten uns auch, und manchmal stellen sie sich in unseren Dienst und beweisen eine Treue, deren wir nicht mehr fähig sind. [...] Ich liebe die Hunde, die Katzen, es gelingt mir sogar, die Hühner zu lieben. Ganz zu schweigen von den Vögeln, die in Italien als Schießscheiben betrachtet werden (und ich wünschte, der Schutzpatron der Italiener, der heilige Franziskus, würde etwas mehr zu diesem Thema sagen und sich in deutlicherer Weise vernehmen lassen). Tiere zu verabscheuen, zu unterdrücken, zu verletzen, zu beleidigen – das ist etwas, das mir in der Seele weh tut. Ich habe und hatte geradezu innige Beziehungen zu Tieren. Zu einer Katze zum Beispiel, über die ich eine ungewöhnliche Geschichte schreiben könnte, denn sie brachte mir immer ihre Jungen zum Anschauen: Ich wohnte damals im Parterre, und jedesmal, wenn die Katze Junge hatte, führte sie sie mir vor, um ein Lob zu ernten. Ich stand auf du und du mit Hunden, herrenlosen Hunden, die in Fregene gegen Herbstende bei mir vorbeikamen, jetzt vor allem des Fressens wegen, und die mir Geschenke brachten (Schuhe, einen kaputten Besen, eine Konservendose), weil sie sich in irgendeiner Weise für meine Hilfe erkenntlich zeigen wollten. Ich habe Kontakt mit einer verletzten Möwe gehabt, die alles verstand, was ich zu ihr sagte, und die von mir anerkannt werden wollte, nicht weil sie eine Möwe war, sondern als denkendes Wesen. Ich glaube, daß wir die Tiere immer unterschätzt haben, und tatsächlich ist der Film, der mir in den letzten Jahren am besten gefallen hat, *Die Vögel* von Hitchcock, in dem eine Rebellion der Vögel gegen den Menschen für vorstellbar gehalten wird: ein Film, der mich nicht nur geängstigt, sondern mich auch Partei für die Vögel hat ergreifen lassen. Denn diese Menschheit, die sich als Ebenbild Gottes betrachtet, ja als göttlich und dazu aufgerufen, sich die Erde untertan zu machen, zerstört sie in Wirklichkeit nur und nimmt keine Rücksicht auf die anderen Gäste, die diesen Planeten bewohnen, höchstens, um aus ihnen Pelze zu machen, sie als Nahrung zu verwenden oder sie bei der Arbeit zu benutzen. Das ist das größte Sklavenunternehmen der Geschichte.

*

Eine kranke Pythonschlange entflieht aus einem kleinen Zirkus, in dem sie jeden Abend zusammen mit anderen Tieren auftrat. Das war vor einem Monat in Rom. Sie landet in einem Vorstadtgarten, könnte sich ein Huhn, ein Kaninchen einverleiben, aber sie ist schwer magenleidend und hat keinen Appetit: So schläft sie auf einem Mäuerchen ein. Dort wird sie von der entsetzten Menge entdeckt, und man beschließt, sie zu töten, aber keiner getraut sich. Ein paar Polizisten, eilig herbeigerufen, erscheinen auf dem Plan. Wie tötet man eine Pythonschlange? Holt man die Feuerwehr? Ruft man den Tierschutz? Erlegt man sie würdig, nach Jägerart? Aus Angst, sie mit Schüssen aus dem Karabiner zu verfehlen, schüttet man einen Kübel Heizöl über sie und wirft ein paar brennende Lumpen darauf. Die Pythonschlange wacht auf, gerade rechtzeitig, um in den Flammen zu sterben. Ich kann nicht ohne Erschütterung an diese Schlange denken, die nach einem unsteten Künstlerleben mit einem gefährlichen Drachen verwechselt und in einem Läuterungsritual getötet wurde. In diesem Land hat man es nicht einmal als Schlange leicht.

Das Pferd

Ich hatte ungewohnt vergnügt das Haus verlassen, und wie jeden Morgen ging ich in die Bar an dem kleinen Platz, wo die Autobusse wenden. Es war bereits ein Mann da, halb betrunken, wenigstens sah es so aus, ein Kutscher: Sein Gefährt (und das in Meditation versunkene Pferd) hatte er am Randstein geparkt, und jetzt trank er einen Kaffee, dem ein starker Anisgeruch entströmte. Er blickte um sich, alles billigend, mit einer wäßrigen Zustimmung in den Augen. Ans äußerste Ende der Theke gelehnt, um niemanden zu stören, redete er auf den Bar-Besitzer ein. Der saß an der Kasse und antwortete ihm, den Blick nach oben gerichtet und ohne ihn je anzuschauen, in angemessenen Abständen: «Natürlich, da hast du ganz recht, das hab' ich schon immer gesagt, ja, du bist in Ordnung», wie man eben mit friedlichen Betrunkenen umgeht, die mit einem reden wollen.

«Wie schön ist doch alles», dachte ich, «wenn wir bereit sind, unsere Mitmenschen zu akzeptieren. In anderen Ländern, die ich kenne, empfände man diesen Mann als lästig und würde ihn hinauswerfen, hier aber wird er akzeptiert.» Und da der junge Bursche hinter der Theke mich fragend ansah und ich nicht wußte, was ich bestellen sollte, verlangte ich das erstbeste, was mir einfiel, nämlich ein Glas warme Milch. Der Kutscher verzog das Gesicht, als ob man ihm eine Zitrone in den Mund gesteckt hätte.

Es kündigte sich einer jener milden und harmonischen Tage an, die gerade recht zu sein scheinen, um mit einer Arbeit zu beginnen oder einfach so auf den Palatin zu steigen. Nachts hatte es in Strömen geregnet, dann hatte eine kräftige Brise die Wolken weggefegt, und jetzt wirkte das ganze Stadtviertel wie neu. Das klare Sonnenlicht verkürzte die Abstände, verlieh dieser bescheidenen Architektur eine präzise Ordnung und sogar einen Glanz, indem es die Schatten in einem tiefen Blau zeichnete. Und so fühlte ich mich glücklich in der Ankündigung des Herbsts. Ohne es mir anmerken zu lassen, hörte ich dem Gespräch des Betrunkenen zu: Er redete vom Verkehr in diesen ruhigen Tagen und freute sich darüber. Der junge Bursche wärmte das Glas Milch unter dem Röhrchen der Dampfmaschine und grinste. In seinen raschen und theatralischen Handbewegungen lag die leichte Ironie der jungen Römer gegenüber ihrer Arbeit. Er grinste, während er dem Kutscher zuhörte, und schließlich unterbrach er ihn. «Mit dem Pferd ist es aus», sagte er. Und dabei zwinkerte er mir zu. Mir gefiel diese Vertraulichkeit, die meine legitime Teilnahme am Leben der Bar unterstrich. «Die Zeit des Pferds ist vorbei», fuhr er fort, «jetzt triumphiert das Auto.»

Der Betrunkene wandte sich ganz langsam zu dem Burschen hin, fixierte ihn wegen dieses plötzlichen Angriffs und sagte: «Davon verstehst du einen Sch ... dreck.»

«Nicht so ordinär, wenn ich bitten darf», bemerkte der Chef gähnend. Und der Betrunkene verneigte sich zu mir hin, denn er glaubte, der Besitzer habe sich meinetwegen eingeschaltet. Er fuhr sich mit der Hand übers Gesicht, und ohne den Burschen anzusehen, sagte er: «Du verstehst nicht, daß es mit dem Pferd überhaupt nicht aus sein kann. Mit deinem Auto wird es aus sein, aber mit dem Pferd nie.»

«Mit deinem Pferd ist es aus und vorbei, aber vorher solltest du ihm lieber noch Hosenträger anziehen, sonst fällt es dir von einem Augenblick zum andern um.» Der Bursche zeigte auf das Pferd, das reglos am Randstein stand, den Kopf bis aufs Pflaster gesenkt, in tiefer und römischer Meditation. «Professore», und dabei zwinkerte er mir zu, «schauen Sie, ob so ein Pferd ohne Hosenträger herumlaufen darf!»

Der Kutscher lachte in sich hinein, da ihm der andere keiner Antwort wert schien. Jetzt hatte er einen neuen Gesprächspartner. Er deutete mit dem Finger auf mich und sagte mit respektvoller Sanftheit: «Sie sind Professore, nicht wahr?»

Professore ist ein Titel, den man in den Bars würdig aussehenden Kunden verleiht, bei denen man nicht dahinterkommt, welchen Beruf sie ausüben. Aus bloßem Respekt. Unnütz, darüber zu diskutieren. Ich nickte bejahend.

«Also Sie, der Sie Professore sind und studiert haben, Sie wissen besser als ein ungebildeter Mensch wie ich, daß es mit dem Pferd nicht aus sein kann, weil ...»

Er schaute mich fest an, auf Hilfe wartend. Er fand sie selbst. Mit einem Blick, den die plötzliche Eingebung in triumphierender Bosheit aufleuchten ließ, schloß er: « … weil das Pferd Natur ist!»

Ich pflichtete ihm bei: «Da haben Sie etwas sehr Richtiges und sehr Schönes gesagt. Mit dem, was Natur ist, kann es nicht aus sein. Das heißt – wir hoffen es jedenfalls.» Dann trank ich mein Glas Milch und ging hinaus, unter allseitigem Grüßen. Ich war auf angenehme Weise in meinen Gedanken bewegt. «Daß uns wenigstens», dachte ich, «das Pferd erhalten bleibe!»

*

Fregene 1961. Ein Auto hält im Pinienwald. Sechs Bettler steigen aus und gehen in verschiedenen Richtungen davon.

*

Der Bettler Adelchi, die Freundlichkeit in Person, ist ein kleiner, wohlproportionierter alter Mann mit einer schönen, edlen Nase und lebhaften Augen. Er macht sich voll Liebenswürdigkeit an den Passanten heran, bittet ihn, ihm mit ein bißchen Geld auszuhelfen, aber er wird nie aufdringlich und steckt, was er bekommt, mit einem Lächeln des Einverständnisses in die Tasche. Oft läßt er sich ablenken. Als ich ihm das letztemal, auf einer Brücke, begegnet bin, vernachlässigte er gerade sein Geschäft, um sich mit einem hellbraunen Hund abzugeben, auf den er liebevoll einzureden begann, während ihm der Hund, mißtrauisch, zuhörte, den Kopf ein wenig geneigt und auf dem Sprung wegzulaufen, aber doch neugierig geworden. Gelegentlich macht es ihm auch Spaß, Statue zu spielen: Kerzengerade, den Kopf erhoben, lächelt er dann starren Blicks zum Himmel – unmöglich, ihm zu widerstehen. Ich habe ihn nachts in einer Apotheke kennengelernt, wo er um die milde Gabe einer Kopfwehtablette bat. Er stellte sich vor und fing an, aus seinem Leben zu erzählen. Im Morgengrauen waren wir immer noch da, um ihm fasziniert zuzuhören. Das Abenteuer, auf das er immer wieder zu sprechen kommt, ist sein kurzer Aufenthalt in einer Irrenanstalt. Er, der als Verwundeter des Ersten Weltkriegs immer noch eine kleine Rente bezieht, wurde für verrückt gehalten, weil er sich ein paar Monate lang nicht die Mühe gemacht hatte, sie abzuholen. Und auf diesen Beweis hin, den die Beamten, die nicht einen Tag auslassen würden, um ein paar Pfennige zu kassieren, für schwerwiegend hielten, kam er drei Monate «in Beobachtung» – die erkenntnisreichsten seines Lebens.

*

Der Clochard pumpte mich an, weil er «was zu trinken brauche». Er sei erkältet. Die Erkältung habe er sich geholt, weil er in einem geschlossenen Raum, in einem Zimmer, geschlafen habe, anstatt unter den Brücken. Er wollte uns mit dieser Widersinnigkeit bei Laune halten und fing immer wieder an: «Wenn ich im Freien schlafe, erkälte ich mich nicht, aber freilich, ich muß mich mit ein bißchen Wein schützen.» Und er breitete die Arme aus.

Ein paar Tage später traf ich den modernen Bettler. Er war jung und verschlagen. Er hatte einen blauen Mechaniker-Overall an, frisch aus der Wäscherei, und machte den Eindruck eines gesunden, selbstbewußten Menschen. Er zeigte den Entlassungsschein aus dem Gefängnis, in einer Zellophanhülle, damit das Dokument nicht Schaden leide. Und in den Augen das Glitzern der Kanaille, die sich auch noch die Ironie zur Komplizin macht: «Helfen Sie mir, wieder meinen Platz in der Gesellschaft zu finden!»

Der römische Bettler heute früh ist ebenfalls als Arbeiter gekleidet, aber er spielt seine Rolle schlecht. Er gibt vor, sich in diesem Viertel, in dem er sich nicht auskenne, verlaufen zu haben. Er wisse nicht, wie er wieder nach Hause kommen solle, es sei eine Katastrophe, er müsse einen Autobus und zwei Straßenbahnen nehmen. Er schäme sich zwar, einen Unbekannten um Hilfe zu bitten, aber ob ich ihm nicht bis morgen zwei- oder dreihundert Lire borgen könnte? Er trägt eine Werkzeugtasche unterm Arm, zeigt sie und sagt: «Wollen Sie sehen?» Später beobachte ich, wie er sich mit dem gleichen Ansinnen an einen anderen Passanten heranmacht.

Was wir heute mit Fug und Recht von einem Bettler verlangen, ist ein bißchen Volkstheater.

Der Arme, der sich darauf versteift, die Hand hinzustrecken und den göttlichen Lohn auf das Haupt des Wohltäters herabzuflehen, hat keine Zukunft mehr. Wer etwas «geborgt» haben möchte, muß sich wenigstens durch ein Minimum an Erfindungsgabe rechtfertigen.

*

Was für ein einzigartiges Land, in dem man Bettler wird aus Berufung, Diktator, um zu schreiben, und Schriftsteller, um sich Mut zu machen.

*

Der kleine Junge, der tagtäglich mit seinem Fußball unter meinem Fenster spielt und den umzubringen ich schon des öfteren versucht war, begegnet mir und grüßt mich. Da es das erstemal ist, daß ich ihn ohne Fußball, dafür aber mit einem Packen Schulbücher sehe, erkundige ich mich, wie es in der Schule steht. Er geht in die fünfte Klasse und hat heute einen Aufsatz schreiben müssen. Das Thema hieß: *Wenn ich ein Zauberer wäre*. Der Kern seiner Ausführungen war: Wenn ich ein Zauberer wäre, dann würde ich über die ganze Welt herrschen. Fast alle seiner Kameraden haben die gleiche Neigung zur Weltherrschaft an den Tag gelegt, die ja heute dank jener Zauberwerke möglich erscheint, die die Kinder aus den Science-fiction-Büchern kennen und die zu realisieren die Wissenschaftler sich redlich abmühen. Mir scheint, daß wir im Begriff sind, uns ein schönes Alter zu bereiten.

Was mich jedoch noch mehr beeindruckt hat, ist das Thema als solches, das die Zauberei als menschliche, ja professionelle Tätigkeit anerkennt. Es ist klar, daß der Zauberer der Frau Lehrerin nicht der alte weise Mann aus den Märchen ist, mit dem spitzen Hut und dem Zauberstab, sondern der moderne Zauberer, aus der Stadt, mit einem Studio, in dem man ihn konsultiert und in dem Dankschreiben von Ministern und Schauspielerinnen an den Wänden hängen. Es ist der Wahrsage- und Heil-Zauberer, der die Opernpremieren besucht und sich einen Arzt hält, um nicht wegen rechtswidriger Berufsausübung vor den Kadi zu kommen. Es ist der Zauberer, der in den Zeitungen schreibt, der große Bruder sämtlicher Kartenlegerinnen und Astrologen, dieses wuchernden Gestrüpps von Scharlatanen, das heute dank der kollektiven Angst, der Werbung, der Desorientiertheit blüht und gedeiht. Vielleicht wäre die Frau Lehrerin schon zufrieden gewesen, wenn mein Fußballspieler geschrieben hätte, daß er, einmal Zauberer, die hochgestellten Persönlichkeiten kurieren und eine Horoskopspalte in der Zeitung betreuen würde.

Die Diebe (Ein witziges Märchen)

Als die Diebe die Stadt einnahmen, war das Volk froh, gönnte sich einen freien Tag und prächtige Feuerwerke. Die Vertreibung der Räuber berechtigte zu den schönsten Hoffnungen, und die Diebe bekräftigten in ihrem ersten Regierungsakt das Recht auf Eigentum. Das beruhigte die einflußreichsten Eigentümer. An alle Hauswände schrieben sie: «Diebstahl ist Eigentum». Strenge Gesetze wurden gegen den Diebstahl erlassen und angewandt. Einem Taschendieb wurde die recht Hand abgehackt, einem Falschspieler die linke (die zum Kartenhalten dient) und einem, der Hüte stahl, der Kopf. Dann verbreitete sich das Gerücht, die Diebe würden selbst stehlen. Anfangs sah man in diesem Gerücht eine Erfindung der gegnerischen Propaganda und wies es voll Entrüstung zurück. Die Diebe selbst lächelten darüber und hielten jedes offizielle Dementi für unnötig. Alles sprach zu ihren Gunsten, sie wurden für anständige, patriotische, diebische, ehrliche und religiöse Leute gehalten. Also, zu unterstellen, daß die Diebe Diebe seien, schien absurd. Die Zeit verging und die Diebstähle häuften sich, ein Jahr später hatten sie bereits überwältigende Ausmaße angenommen, und es lag auf der Hand, daß es nicht möglich war, sie ohne Hilfe einer großen Organisation auszuführen. Man begriff, daß die Diebe eine solche Organisation haben mußten. Eines Morgens zum Beispiel stellte man fest, daß ein Palazzo aus dem Stadtzentrum verschwunden war. Keiner konnte einem etwas darüber sagen. Dann verschwanden Plätze, Bäume, Denkmäler, Museen mit ihren Bildern und ihren Statuen, Werkstätten mit ihren Arbeitern, Züge mit ihren Reisenden, ganze

Fabriken, kleine Städte. Die zunächst ängstliche Presse rebellierte: Daraufhin verschwanden die Zeitungen samt ihren Redakteuren und selbst den Straßenverkäufern. Und als die Diebe alles hatten verschwinden lassen, fingen sie an, sich gegenseitig zu bestehlen, und das ging so lange, bis sie wiederum von ihren Kindern und Kindeskindern bestohlen wurden. Aber sie lebten immer glücklich und zufrieden.

Nachtrag: Die Herausgeber eines Lesebuchs für die Grundschule hatten mich um ein witziges Märchen für Kinder zwischen sieben und zehn Jahren gebeten. Ich habe ihnen diese Geschichte geschickt, aber sie lehnten höflich ab, mit der Bemerkung, daß sie «nicht geeignet» sei. Vielleicht ist es gar kein witziges Märchen. Oder vielleicht ist es überhaupt kein Märchen.

*

«Und sie lebten immer unglücklich und unzufrieden.» So beschließt er die Märchen, um seinem Kind nichts vorzumachen.

*

[Brief an die acht Monate alte Tochter]

25. Juli 1943

Liebe Lélé, das ist der erste Brief, den wir Dir schreiben, weil wir Dir sagen möchten, daß man heute dem Tyrannen von Italien den Laufpaß gegeben hat. Er hieß Mussolini.

Eines Tages wirst Du Dich wundern, wenn wir Dir erzählen, was man in einundzwanzig Jahren moralischen Elends gelitten hat. Du wirst uns nicht glauben wollen. Und vielleicht wirst Du uns vorwurfsvoll fragen: «Warum habt ihr ihn nicht schon früher davongejagt?» Lé, das war unmöglich. Er hatte ein Heer von Spionen, von Polizisten und von Schurken: ein bewaffnetes Heer, das Italien fest im Käfig eingesperrt hielt.

Niemals, nicht einmal in den traurigsten Epochen der Weltgeschichte, hat man ein solches Aufgebot gegen die Unschuldigen erlebt. Ein Wort, und man kam ins Gefängnis. Zwei, und man wurde getötet. Tausende von Menschen haben den Luxus einer Meinung, die von der offiziellen abwich, mit dem Leben bezahlt.

Aber jetzt ist es vorbei, Gott sei Dank! Und Du wirst frei von jedem unseligen faschistischen Einfluß aufwachsen können. Wir wissen nicht, was die Zukunft für uns bereithält. Aber eines ist sicher: daß Gott aufgewacht ist.

«Der Flötenspieler» von Manet spielt für Dich und für uns das süße Lied der Freiheit.

Spiel es in Ewigkeit, Flötenspieler!

In Klammern müssen wir noch bemerken, daß der «Flötenspieler» Dir sehr ähnlich sieht.

Ennio und

25 Luglio 1943 -
Cara Lèlè, questa è la prima lettera che ti scriviàmo per dirti che oggi il tiramco d'Italia è stato mandato a spasso. Si chiamava Mussolini.

Un giorno tu ti sorprenderai quando ti racconteremo quello che si è sofferto in ventun'anni di miseria morale. Non vorrai crederci. E forse ci rimprovererai dicendo: "Perchè non l'avete cacciato prima?"

Le' era impossibile. Aveva un esercito di spie, di poliziotti e di mascalzoni: un esercito armato che teneva l'Italia bene ingabbiata.

Mai, nemmeno nelle epoche più tristi della storia del mondo, s'era visto un tale spiegamento di forze contro gli innocenti. Una parola e si andava dentro. Due, e si veniva uccisi. Migliaia di persone hanno pagato con la vita il lusso di un opinione diversa da quella ufficiale.

Ma ora è finita, grazie a Dio! E tu potrai essere educata libera da ogni nefasta influenza fascista. Non sappiamo quel che l'avvenire ci riserba. Ma una cosa è certa: che Dio s'è svegliato.

"Il piffero" di Manet suona per te e per noi la dolce canzoncina della Libertà.

Suonala in eterno, Piffero!

Tra parentesi dobbiamo notare che il "piffero" ti somiglia molto.

Ennio e

27 Brief an die 8 Monate alte Tochter (mit dem „Flötenspieler" von Manet)

Die Freiheit führt zur Langeweile und die Langeweile zur Diktatur.

*

Vor kaum einem Monat unterhielt ich mich mit Mino Maccari. Was soll man tun? Nichts, man wartet. Auf Godot? Nein, man wartet auf die Revolution. Und wer soll die machen, die Faschisten? «Die Faschisten», habe ich ihn erinnert, «sind eine zu vernachlässigende Mehrheit.» Maccari präzisierte: «Der Faschismus zerfällt in zwei Teile: den Faschismus im eigentlichen Sinn des Wortes und den Antifaschismus.» Alle beide wollen auf konfuse Weise, aber sofort das gleiche: Ordnung, Arbeit, Demokratie, Nivellierung der Klassen, eine autoritäre Partei – keiner will die Freiheit. Das heißt, jeder will seine Version von Freiheit, die darin besteht, die des anderen zu unterdrücken.

Was man gemeinhin unter Freiheit versteht, beispielsweise die, seine eigene Meinung zu sagen, gilt nichts, weil wir diese Freiheit mehr oder weniger haben. Wir sind wie jene hartherzigen Verführer, die die Frau verachten, die ihrem Drängen nachgibt. Wenn es einem gelingt, die Freiheit zu verführen, ehe man sie heiratet, braucht man sie nicht mehr zu heiraten. Verlangt sie dagegen, heimgeführt zu werden, läßt man es besser bleiben. Man kann immer behaupten, daß die Freiheit frigid sei.

«Was ist heutzutage unser am weitesten verbreitetes Ideal?»

«Für das gehalten zu werden, was man nicht ist, für Revolutionäre. In Wirklichkeit sind wir nur sentimentale Aufrührer. Italien ist das Land, das den höchsten Anteil an revolutionären Millionären hat, auf der Rechten wie auf der Linken. Die Revolution ist bei uns eine Form von Kapitalanlage, von Altersversicherung. Ich bin umgeben von ‹vernünftigen› Freunden, die ihrerseits mindestens zwei Extremisten zu Freunden haben, von jeder Seite einen.»

Die Freiheit

Die Liebe zur Freiheit, zuerst zur physischen, später zur geistigen und politischen, ist die einzige Idee, die keinen Widerspruch in mir hervorgerufen hat. Es ist für mich eine so natürliche, vielleicht biologische Liebe, daß ich mir das nicht als Verdienst anrechne (hier müßte ich eigentlich sagen: als Schuld). Als Junge war ich Anarchist, jetzt merke ich, daß man schon subversiv sein kann, wenn man lediglich verlangt, daß die Gesetze des Staates von denen beachtet werden, die regieren. Als Junge liebte ich die Republik als Idee, jetzt als Substanz. Oft denke ich, daß unser Land bittere Überraschungen in Kauf nimmt, weil seine Bewohner nicht fähig sind, sich als freie Menschen zu fühlen, und dazu neigen, den Dingen einfach ihren Lauf zu lassen. Eines Tages wird mir ein Philosoph, einer von denen, die immer um eine

Wahrheit herumkreisen, ohne je haltmachen zu können, vorwerfen, an die Freiheit zu glauben, die es im modernen Staat gar nicht geben könne. Vor ein paar Tagen hat mir ein Historiker der Linken beweisen wollen, daß in Italien der Antiklerikalismus historisch überwunden sei. In einem Land zu leben, wo es so viele und so schlecht informierte Philosophen und Historiker gibt, ist hart: Vor allem, wenn man bedenkt, daß sie die einzigen glücklichen Konformisten sind, die sich nie widersprechen.

*

Leben ist zu einer bürokratischen Übung geworden.

*

Im Mittelalter wohnte der Mensch in zwei Städten: der irdischen und der himmlischen. Die irdische Stadt war nicht vollkommen, die himmlische schon. Es war unnütz, die eigene Verwirklichung, das Glück in der irdischen Stadt zu suchen, denn diese vollkommene Erfüllung konnte der Mensch, nach einem rechtschaffenen Leben, in der himmlischen Stadt finden.

Der Rationalismus, die industrielle Zivilisation, die daraus entstand, schafften die himmlische Stadt ab. Dem Menschen blieb jetzt nur noch, sich in der irdischen Stadt zu verwirklichen: das heißt im Leben jene Glückseligkeit zu finden, die ihm nach dem Leben versprochen war. Von daher die Philosophie des Erfolgs, der freien Liebe, der Jagd nach Glück und Wohlstand. Der Mensch will nicht mehr in seiner irdischen Stadt leiden noch auf irgend etwas verzichten. Aber gerade die Zivilisation des Wohlstands bringt das Unglücklichsein mit sich, denn sie hält dem Menschen die Symbole seines Status vor Augen, die er erreichen soll, und reduziert jede Errungenschaft auf materielle und daher leicht verderbliche Elemente.

Um auf diesem rollenden Teppich voranzukommen, muß der Mensch zusätzlich konsumieren; und um mehr zu konsumieren, mehr arbeiten. Und den anfänglichen Zielen immer neue hinzufügen. Er muß Besitz haben, muß glauben, daß die Liebe nur ein Experiment sei, und dieses Experiment ständig wiederholen.

*

Er hegt ein solches Mißtrauen gegenüber der Zukunft, daß er seine Pläne für die Vergangenheit entwirft.

Philosophie der Verweigerung

Es machen wie Bartleby, der Schreiber. Immer dem Nein den Vorzug geben. Auf keine Umfragen antworten, Interviews ablehnen, keine Manifeste unterschreiben, weil alles gegen dich verwendet wird in einer Gesellschaft, die offen gegen die Freiheit des Individuums ist und dafür die Mißregierung begünstigt, das Verbrechertum, die Mafia, die Camorra, die Parteienwirtschaft; in einer Gesellschaft, die Forschung und Wissenschaft behindert, die Kultur, ein intaktes Universitätsleben; in einer Gesellschaft, die beherrscht wird von der Bürokratie, der Polizei, den Lügendetektoren, dem Klan, den Medizinmännern des Klans, den Wirrköpfen, den süditalienischen Bergfahrern, den norditalienischen Abfahrtsläufern, den zentralitalienischen Zentripetalen, von der Kirche, von den Knechten, von den Elenden, von den Machtgierigen jeglicher Schicht, von den Konvertierten, von den Invertierten, von den Heimkehrern, von den Invaliden, von den Elektrikern, von den Gasarbeitern, von den durchgefallenen Studenten, von den Pornographen, von den Polygraphen, von Betrügern, Schwindlern, Autoren und Editoren. Dich verweigern, aber ohne den genauen Grund deiner Verweigerung zu nennen, weil auch das verdreht, vereinnahmt, benützt würde. Nicht an die Verlockungen des Fernsehens glauben. Dir nicht die Haare wachsen lassen, weil dieses äußere Zeichen dich einordnen und so dein Handeln wirkungslos machen kann. Nicht singen, weil deine Lieder gefallen und annektiert werden. Nicht die Liebe dem Krieg vorziehen, weil auch die Liebe eine Aufforderung zum Kampf ist. Nichts vorziehen. Dich nicht mit denen zusammentun, die genauso denken wie du, Tausende von isolierten Neins sind wirksamer als Millionen von Neins in der Gruppe.

28 Ende der vierziger Jahre

Jede Gruppe kann zerschlagen, vereinnahmt, verwendet, instrumentalisiert werden. Bei den Wahlen gib deinen weißen Zettel ab, auf den du geschrieben hast: Nein. Es wird die geheime Art sein, auf die man mit uns rechnen muß. Ein Nein muß aus der Tiefe emporsteigen und die Verkünder des Ja erschrecken. Sie werden sich dann fragen, was man an ihrem Optimismus nicht schätzt.

*

Aber letzten Endes ist es ein Pleonasmus, hinsichtlich der Dinge dieser Welt pessimistisch zu sein. Es ist nichts anderes als eine Vorwegnahme dessen, was passieren wird.

*

Unser Land hat uns nichts mehr zu sagen, und auch wir haben ihm nichts mehr zu sagen. Zwischen uns und der Architektur dieser Städte, Kirchen, Paläste, Plätze, die ein ruhiges, den Verlockungen des Vergnügens widerstehendes Leben erheischen, ist das Gespräch zu Ende. Ein Hauch Modernität, das Bemühen, sie den Zeiten anzupassen, der Ansturm der Autos haben lediglich den Anachronismus ihres Überlebens deutlich gemacht. Wir können das Leben, wie es uns gegeben ist, nicht verweigern, aber das ist nicht mehr der rechte Ort, um es zu akzeptieren. Wir können nicht in einem Milieu dahinmodern, das nicht mehr den Ruhm seiner Vergangenheit ausdrückt, sondern nur noch die

Hinnahme der modernen Komödie. Wir wollen nicht auf die Besucher warten, die Rolle der Museumswärter paßt uns nicht. Andere Horizonte erwarten uns, andere Himmel, weniger pompös, aber mehr unsere eigenen. Unter diesen Himmeln die Kraft finden, weiterzugehen und den Zynismus zurückzuweisen, den die alten Steine uns gelehrt haben; denn sie hatten uns Jahre um Jahre nichts anderes anzubieten als das Lob des Erduldens.

Die Tabus fallen

Mir scheint, daß es in den letzten fünfundzwanzig Jahren in Italien keine wesentliche Veränderung gegeben hat. Die Gesellschaft entwickelt sich offensichtlich auf einen amerikanischen Typus hin, mit der Tendenz, mehr dessen Fehler als dessen Vorzüge zu übernehmen: Man beachte nur den schlechten Gebrauch der Freizeit, das geringe Interesse an den großen gesellschaftlichen Problemen, die nur von den politischen Parteien instrumentalisiert werden.

Das bemerkenswerteste Resultat ist vielleicht das Fallen vieler Vorurteile und Tabus, das die Entwicklung einer Jugend ermöglicht hat, die, alles in allem, erfreulicher ist als die meiner Generation, zumindest weniger an den Mythos von Gehorsam, Pflicht und obligatorischem Opfer gekettet. Von uns, unserer Generation, hat man immer verlangt, etwas für jemand anderen zu tun, nie für uns selbst; und das ist der Grund, warum ich mit einem gewissen Groll auf meine Jugend zurückschaue.

Ich möchte nur, daß Gott, oder wer immer ihn vertritt, von diesem Land ein politisches System fernhält, das uns von neuem zwingt, zu glauben, zu gehorchen und zu kämpfen oder «besser» zu sein, als wir sind; mit anderen Worten, daß er uns die Freiheit erhalte, auch wenn das ein Wort ist, das einen zum Lachen bringt.

29 Selbstporträt (als Umschlagentwurf für das *Diario notturno*, ca 1956)

Wenn ich glaube zu sein, bin ich nicht, zu haben, habe ich nicht

Der Kampf mit dem Engel

Einmal träumte mir, ich hätte mich umgebracht und irgend jemand nähme mich bei der Hand. Es war ein großer, kräftiger Mann, ausdruckslos, unsympathisch; ich begriff jedoch, daß er, ob gut oder schlecht, ein Gesandter war, und folgte ihm gehorsam. Wir gingen schweigend (ich frage mich, was wir uns auch hätten sagen sollen) durch Straßen im Zentrum der Stadt, die zu dieser Stunde (der Morgen dämmerte gerade herauf) verlassen waren, und zwar so verlassen, als ob es nie mehr irgendein Leben in ihnen geben könnte. Ich war weder traurig noch ängstlich und nicht einmal neugierig, meine Zukunft zu erfahren. Als wir an einer Nacht-Bar vorbeikamen, die erst vor kurzem geschlossen haben mußte, bemerkte ich unter der Tür zwei Personen. Eine von ihnen, ein Dichter, den ich gut kannte, sagte gerade zu der anderen: «Sie können darüber gar nicht urteilen, Sie haben die Renoirs in der Eremitage nicht gesehen.» Sie sprachen also über Malerei, und bei dem kurzen Aufblitzen des Streichholzes, das der

Dichter entflammte, um sich eine Zigarette anzuzünden, erkannte ich in der anderen Person einen Freund von mir, einen Journalisten. Gerührt blieb ich zwei Schritte vor ihnen stehen, doch sie sahen mich nicht. Ich versuchte etwas zu sagen, aber ich begriff sofort, daß meine Worte nicht zu den Ohren der beiden Nachtwandler drangen. Also ging ich weiter.

Bald darauf kamen wir an: durch abgelegene Straßen, vorbei an Häusern und Werkstätten, zwischen denen man immer wieder das freie Feld sah und ein Bahngeleise, auf dem Züge fuhren, besetzt mit in ihr Schicksal ergebenen Toten.

Der Himmel hellte sich im Osten auf, es war kalt.

Der Mann blieb bei einer zerstörten Brücke stehen und gab mir, mehr durch Gesten als mit Worten, zu verstehen, ich solle einen Augenblick auf ihn warten. Ich hatte Angst, allein zu bleiben, und wollte seine Hand nicht loslassen. Da schüttelte mich der Mann ab und ging auf den Fluß zu, der dort unten floß. Ich lief ihm nach, ergriff seinen Arm und beschwor ihn, mich nicht zu verlassen.

Mit einem leicht verächtlichen Lächeln sagte der Mann: «Hast du mich denn so gern? Und kennst du die Renoirs in der Eremitage?»

«Ja», log ich.

Der Mann zuckte mit den Achseln und ging weiter. Nun klammerte ich mich an ihn und versuchte, ihn zum Stolpern zu bringen, bis ich plötzlich bemerkte, daß ihm an der Stelle der Schulterblätter zwei kleine, weiche Flügel gewachsen waren, die sich wie zwei Kaninchen anfühlten. Ich packte ihn bei diesen Flügeln, und wir begannen schweigend einen ungestümen Kampf. Wie es im Traum geschieht, trafen meine Schläge den Mann nur ganz schwach, als ob eine unsichtbare Hand mich davon abhielte, sie ihm wirklich zu versetzen. Der Mann lächelte, und seine Flügel pulsierten schrecklich. Es gelang ihm, sich mit einem Ruck zu befreien und in schwerfälligem Flug den Fluß zu überqueren. Sobald er am anderen Ufer angelangt war, zog er ein Taschentuch heraus, wischte sich den Schweiß ab und wies mir mit einer spöttischen Geste den Rückweg.

Ich stand da: eine Feder seiner Flügel in der Hand und diese Geste vor meinen Augen.

Als ich aufwachte, fand ich tatsächlich eine Feder zwischen meinen Fingern; eine so leichte Feder, daß sie, kaum hatte ich das Laken ein wenig bewegt, in die Luft flog und dann lange über meinem Kopf schwebte. Aber es war eine Gänsefeder, die während meines Schlafs aus dem Kopfkissen gefallen war.

*

Der Winter ist mit guten Vorsätzen gepflastert.

*

Wer hat dich erschaffen und in die Welt gesetzt?

Das weiß ich nicht.

War es nicht Gott?

Schon möglich. Aber da Gott auch den Minister Mattarella und den Minister Andreotti erschaffen und in die Welt gesetzt hat und ihm deren Existenz sogar wertvoller und wichtiger zu sein scheint, läßt mich die Sache gleichgültig.

Zu welchem Zweck bist du erschaffen worden?

Um nein zu sagen.

Zu was willst du nein sagen?

Zu dir, vor allem.

Was habe ich dir getan?

Du hast mir den Glauben genommen.

Lazarus

Schreckliche Nacht voller Alpträume. Mir träumt, ich würde vom Herkules des Canova an den Füßen gepackt und mehrmals im Kreis geschwungen. Genau dabei wache ich schreiend auf …

Nachdem ich eine Tasse Kamillentee getrunken habe, schlafe ich wieder ein. Ruhige Träume. Zuerst bin ich in der Schweiz (lange Unterhaltung mit Rousseau); dann betrete ich eine Kirche. In den Beichtstühlen knien einige Gläubige, die ihre Sünden flüstern. Neugierig nähere ich mich dem Beichtstuhl zur Rechten und höre diesen kurzen Dialog: «Glauben Sie an Gott?» «Ich ja, aber Gott glaubt nicht an mich.»

Ich nähere mich dem Beichtstuhl zur Linken und höre wieder dieselben Stimmen: «Glauben Sie an Gott?» «Nein», erwidert der Sünder. «Also sind Sie Atheist?» «Auch nicht.» «Das verstehe ich nicht, erklären Sie sich deutlicher.» «Also, ich überlasse mich dem Willen Gottes.» «Aber dann glauben Sie doch an Gott!» schreit der Beichtvater. «Ich habe gesagt, daß ich mich seinem Willen überlasse, nicht daß ich an ihn glaube», erwidert der andere. Und ich bemerke, daß ich das selber bin. Ich erwache voller Reue.

*

Früher einmal folgte mir das schlechte Gewissen nach, jetzt geht es vor mir her.

*

Es gibt Leute, die erben ihren Glauben, wie man Ländereien erbt, den Familiennamen, die Adelstitel, das Geld, eine Bibliothek und das Schloß. Der Glaube per Vermögen, erblich.

*

Um nicht das Risiko einzugehen, den Glauben wiederzuerlangen, unterhalte ich mich ab und zu mit einem Priester und lasse mir von ihren Problemen erzählen. Sie möchten heiraten und ins Theater gehen – beides Dinge, die ich verabscheue.

*

Das Opium ist inzwischen die Religion der Völker.

*

Der größte Mangel auf allen Gebieten kann heute nur noch von dem Mangel an Glauben übertroffen werden, den ich nicht mit dem an eine Religion oder an eine Kirche gleichsetzen möchte; ich möchte ihn mit dem Glauben an das Schicksal des Menschen gleichsetzen, der mir heutzutage äußerst gering zu sein scheint. [...] Wir sind heute mit der Welt in Kontakt über die Massenmedien: vor allem die Zeitungen, das Radio, das Fernsehen. Die meisten Nachrichten, die die Welt uns bietet, sind äußerst schlechte Nachrichten, nicht hinreichend gemildert durch das, was einzelne Gruppen, Gesellschaften, Nationen tun, damit dieser Glaube nicht völlig untergeht. Wir fühlen, daß etwas im göttlichen Gewebe zu zerreißen droht, daß etwas verlorengeht, daß etwas unwiederbringlich zugrunde gerichtet wird durch die Anbetung des Goldenen Kalbes, durch die Anbetung des Erfolgs, durch die Anbetung dessen, was wir uns zu sein einbilden, nämlich Sex-Wesen, während wir denkende, Vernunft-Wesen sind. Mein ganzer satirischer Protest weist im Grunde dieses Filigran auf, und ich möchte, daß man es beim Betrachten gegen das Licht hält, gegen das Fenster.

*

Seit der Mensch nicht mehr an die Hölle glaubt, hat er sein Leben in etwas verwandelt, das der

Hölle ähnlich ist. Er kann einfach nicht darauf verzichten.

*

Da die Italiener jede Vorstellung von Sünde mit dem Sex verbinden, glauben sie, die Hölle sei ein Ort, wo man irgendwelche Orgien veranstaltet, ein bißchen schmerzhafte zwar, aber doch unterhaltsam, da die Sünder alle nackt sind.

*

Wieder verläßt uns ein Jahr. Wir haben gelebt, indem wir Irrtümer begingen, die einzige Art zu leben, ohne zu stürzen. Leben ist eine ununterbrochene Kette von Irrtümern, jeder von ihnen hält den vorangegangenen und stützt sich auf den nachfolgenden. Sind die Irrtümer zu Ende, ist alles zu Ende.

*

Wenn Sie wirklich wissen wollen, wie alt Sie sind, schauen Sie sich in einem Hotelspiegel an.

*

Tag eines einsamen Mannes: Unterhaltung mit dem Ladenbesitzer, dem Taxifahrer, dem Kellner. Vielmehr ein Austausch von Wörtern. Allein im Restaurant, an einem eigenen Tisch. Er ißt, um den Kellner nicht zu enttäuschen. Kauft Zeitungen. Kauft Dinge, die er nicht braucht und die ihm nicht gefallen, Bücher, die er nach den ersten Seiten wegwerfen wird. Im Kino. Schaut und langweilt sich. Geht zum Pissen. Unter den Arkaden sieht ihn ein Mädchen an und sagt: Schnurrbärtchen. Er geht seines Wegs, nimmt ein Taxi und kehrt ins Hotel zurück. Es passiert nichts.

*

Ich glaube an die Einsamkeit, fürchte das Unbekannte und habe große Angst vor dem Tod.

*

Wenn ich mich an den Tisch setze, um zu schreiben, habe ich keine Einfälle mehr; einen Augenblick vorher waren noch alle da, in Bereitschaft, in ihrer scheinheiligen Disponibilität. Mir bleibt nur ein Murren der Traurigkeit, keine Gefühle mehr, sondern nur Ressentiments. Und die eine oder andere Ahnung. Wenig oder nichts interessiert mich, nur ein wenig Musik hören, irgendein altes Buch lesen, in der Campagna von Monte Sacro spazierengehen. Rom stößt mich ab. Überall eine diffuse Vulgarität, Gesichter, die altern ohne große Laster, in einer passiven Hinnahme des Alters, wie es in einem Konzentrationslager sein muß. Reisen? Ich beginne es als Plage zu empfinden: Meine Stimmung würde sich nicht ändern, wenn ich den Ort änderte. Die Museen, die künstlerischen Schönheiten … Dann die guten Hotels, die berühmten Lokale! Oh, die Unannehmlichkeiten des Hotels, wo man den Koffer auspacken muß und sich in einem fremden Bett wiederfindet, mit den nichtssagenden Zeitungen und Illustrierten, die wir aus Feigheit gekauft haben, um nicht allein zu sein. Und die

Lokale. Alles schön, angenehm, am Anfang. In der Mitte der Mahlzeit ist der Zauber verflogen, man kann nur noch rasch zu Ende essen und weggehen. Aber wohin, wenn sich alles gegen dich verschwört? Wohin gehen? Es ist das Ende, ich bin bereits reif, um Schluß zu machen mit diesem Leben, das eine Folge von Fehlern, Nervenzusammenbrüchen, Unglücken war. Schluß machen damit. Aber ich werde dazu nicht fähig sein, ich werde es der Zeit überlassen, werde auf das Alter warten, auf den großen Katarrh, die Diarrhöen, die Schlaganfälle. Ich werde geizig werden, mißtrauisch, unentschlossen, böse und immer gelangweilter. Ich werde die jungen Leute hassen, den Lärm, das Licht. Aber vor allem Rom, diese Stadt, die mich absolut nichts angeht, die ich nie werde begreifen können, weil sie mir nicht gefällt. Das ist keine Stadt, das ist ein Biwak auf den Ruinen, in Erwartung besserer Zeiten, die nie kommen werden.

Die Zeit

Es ist bestimmt nicht angenehm, die eigene Existenz zu durchstöbern und festzustellen, daß sie sich auf ein Häufchen Worte, auf wenige Ideen, auf ein paar Namen reduziert: die einen schlecht formuliert, die andern haben einen falschen Ton angenommen, als ob sie unsere Armseligkeit verdecken und uns ein Alibi liefern sollten. Und wenn schließlich unsere vergangenen und gegenwärtigen Ungereimtheiten offengelegt sind, retten wir uns wenigstens vor den zukünftigen? Wie auch immer, wir machen weiter: In meiner Jugend habe ich nur an die greifbaren Dinge geglaubt und an den Teil des Lebens, der mir zukam, jetzt wird mir klar, daß die Kraft, die mich bewegt, eine andere ist und daß es nichts Unnützes gibt. Das Vergehen der Zeit mäßigt unsere Eitelkeit, unser Ungestüm, mildert das Urteil und die Verachtung. Man fühlt nicht mehr das Bedürfnis zu zerstören, wir bewundern mehr den Charakter als den Intellekt. Viele liebe, befreundete Menschen sind gestorben: Sie schienen vergessen, jetzt merken wir, daß sie lebendiger um uns herum sind denn je, ja daß wir sie in unserer Erinnerung wieder ins Leben gerufen haben. Sie leisten uns Gesellschaft, es liegt etwas Tröstliches in ihrer beständigen Aufmerksamkeit, die jedoch nicht allein das Ergebnis unseres Willens sein kann. Wir geben dem Wort Leben eine intimere Bedeutung. Als Kind zweifelte ich an der Familie und beneidete die Waisenkinder.

*

Wer in unserer Zeit lebt, entgeht selten der Neurose. Um erträglich zu leben, darf man nicht allzu zeitgenössisch sein.

*

Wir wissen nicht, wer wir sind, wir sind Reisende ohne Gepäck, wir werden allein geboren und sterben allein. Einmal hat mich eine Schriftstellerin in ihrem Buch zitiert, und in der englischen

Ausgabe gab der englische Übersetzer meinen Namen mit Ennius Flaianus wieder, in dem Glauben, dieser Ennio Flaiano sei ein lateinischer Schriftsteller. Einige Monate später begegneten wir uns in einer römischen Trattoria, wir stellten uns vor, und er war natürlich sehr unangenehm berührt, denn er hatte nicht gedacht, daß dieser antike Autor immer noch am Leben sei. Doch wurden wir uns einig, daß gewisse Wesensmerkmale meiner Person, eine bestimmte Art zu leben, ihm recht gaben. Ich gehörte vielleicht nie zu dieser Epoche, ich bin nicht von dieser Epoche. Vielleicht gehöre ich einer anderen Welt an: Ich fühle mich mehr in Harmonie, wenn ich Juvenal, Martial, Catull lese. Es ist durchaus möglich, daß ich ein antiker Römer bin, der immer noch hier ist, vergessen von der Geschichte, um Dinge zu schreiben, die andere viel besser geschrieben haben als ich: eben Juvenal, Martial, Catull.

*

Was bedeutet es schon, so viele Jahre gelebt zu haben, wenn ein einziger Tag uns begreiflich macht, daß uns nichts bleibt?

*

Man glaubt zu leben, aber in Wirklichkeit wartet man nur, um den Tod hinauszuschieben. Zumindest von einem gewissen Alter an.

*

Sterben ist ein indezenter Akt. Du bist in einer Gesellschaft geboren, die lediglich die Vorstellung eines alltäglichen Lebens erträgt. Sterben ist ein indezenter Akt. Er wird dir heimgezahlt werden von dem, der zurückbleibt: mit Schweigen und mit Groll.

Macphersen Memorial

Es ist das erstemal, daß ich lebe, und ich weiß noch nicht, ob man das Leben mit Optimismus oder mit Realismus angehen soll. Eine optimistische Haltung, die ich um mein sechstes Lebensjahr annahm, hat mich danach Jahrzehnte an Enttäuschungen und Bitterkeit gekostet. Als ich, durch Erfahrung klug geworden, dem Leben mit realistischer und vorsichtiger Zurückhaltung begegnen wollte, bemerkte ich, daß ich, indem ich mich in Plänen und anderem Unsinn erging, die einzige Lösung vernachlässigte, nämlich die Tage zu nutzen, einen nach dem andern. Ich fürchte, daß ich dem Leben gegenüber immer ein Dilettant bleiben werde, bis zum letzten Tag. Und die Tatsache, daß es – leider – einen letzten Tag geben wird, läßt mich glauben, daß sich das Leben mir gegenüber gleichgültig verhält beziehungsweise einfach der allgemeinen Regel folgt. An ein anderes Leben glaube ich nicht. Inzwischen kostet es mich schon Mühe, an dieses zu glauben – und es zu beschließen.

*

30 Tochter Lelè

Man erreicht ein bestimmtes Alter und entdeckt, daß wir die besten Augenblicke aus Versehen erlebt haben. Sie waren nicht für uns gedacht.

*

Das Glück besteht darin, daß man nichts anderes wünscht, als man besitzt.

*

19. September. Am Strand, mit Lelè und Rosetta bis zum Arrone. Niemand. Eine Frau, die sich in den Dünen sonnt. Das Meer bewegt, blau, kalt. Herrliches Gefühl von Ruhe, endlich erlangtem Frieden. Auf dem Heimweg sammle ich Muscheln. Tote Krebse, Schneckenhäuser. Tote Quallen, Tintenfischknochen, Algen. Flugzeuge, die paarweise fliegen. Himmel wie gelackt. Ein Boot, dunkelgrau und rot (gefleckt), wunderschön. Ein kleiner Junge, der einem Schmetterling nachjagt.

*

21. September. Wieder am Arrone mit Lelè und Rosetta. Leichter Schirokko, Himmel verhangen, später Sonne und kurzes, belebendes Bad. Lange am Strand. Süße Müdigkeit. Ich möchte eine Erzählung über das Ende des Sommers schreiben. Mit kurzen Episoden auf die Melancholie der Zeit kommen. Aber an die Ruhe erinnern, die Stille, den Frieden – und an das Gleichgewicht der Sinne und der Seele. Das sind die Augenblicke, die verweilen sollten. Große, gelbe Blumen, von Rosetta gebracht.

31 Die Familie in den sechziger Jahren

32 Flaiano mit seiner Frau in der Schweiz

Erinnerung an die Kinderklinik im Oktober 1955

Der Krankensaal beherbergt zwanzig Kinder. In der Mitte des Saales steht ein Tisch mit einer Vase voll Blumen. Heute nacht ist ein kleiner Junge gestorben. Jetzt kommt einer von der Klinik, um ihn wegzuholen. Es ist ein kräftiger, ernster Mann. Er macht aus dem kleinen Leichnam ein Bündel und trägt es fort, mit jener Zartheit, zu der nur die ganz starken Männer fähig sind. Als er an dem Tisch vorbeigeht, nimmt er, fast ohne stehenzubleiben, eine Blume aus der Vase und steckt sie in das kleine Bündel.

*

Christus kehrt auf die Erde zurück und wird von den Fotoreportern und den Autogrammjägern bestürmt. Unter sie mischen sich Polizeispitzel, Provokateure, Kuppler, Steuerfahnder, Sexbesessene, Journalisten, die üblichen Prostituierten, ein internationales Komitee und einige Gewerkschaftler. Außerdem Soziologen, Psychologen, Strukturalisten und Kybernetiker, die ihrerseits Biologen, Physiker und Filmschauspieler begleiten. Das Fernsehen überträgt die Szenen der verschiedenen Begegnungen. Gebeten, ein paar Erklärungen für die Presse abzugeben, sagt Jesus: Wer Ohren hat zu hören, der höre, Augen zu sehen, der sehe. Man fragt ihn, ob er sich lange aufhalten werde. Die Zeit, die es brauche, um wieder ans Kreuz geschlagen zu werden oder vor Kälte zu sterben. Und er fügt hinzu: Und wer mich liebt, der folge mir jetzt nach. Laßt die Toten ihre Toten begraben, ich bin gekommen, um das Schwert zwischen euch zu setzen, wer die Seinen nicht verläßt, um mir nachzufolgen, wird das Himmelreich verlieren, reicht die andere Wange, gebt dem Kaiser, was des Kaisers ist, der Tempel ist in deinem Herzen, keine Propheten im Vaterland. Und so weiter.

Die Menge begann zu rufen: «Das Wunder!» Jesus nahm fünf Brote und fünf Fische und sättigte damit die Menge. «Noch ein Wunder!» schrien sie nach der Speisung. Jesus heilte verschiedene Neurotiker, bekehrte einen Priester. «Noch eines!» schrie die Menge weiter. «Wir haben nichts sehen können.»

Jesus fuhr fort, Wunder zu tun. Ein Mann führte seine kranke Tochter zu ihm und sagte: «Ich verlange nicht, daß du sie heilst, sondern daß du sie liebst.»

Jesus küßte das Mädchen und sagte: Wahrlich, dieser Mann hat um das gebeten, was ich geben kann.

Nach diesen Worten verschwand er in einer Gloriole von Licht und überließ es der Menge, diese Wunder zu kommentieren, und den Journalisten, über sie zu schreiben.

*

Ich beneide heute niemanden mehr. An diesem Punkt meines Lebens beneide ich keinen, der schöne Kinder hat, der schöne Häuser hat, der Hab und Gut hat. Ich beneide niemanden: Ich möchte mit wenigen beisammen sein, ich möchte nicht einmal diese Bücher haben, denn sie fangen schon an, mir lästig zu werden. Ganz wenig Bücher. Die Möglichkeit, Freunde zu treffen, zu reden …

33 In den letzten Lebensjahren

Zum vorliegenden Band: Bemerkungen und Nachweise

Als «Flaianitis» bezeichnet man in Italien eine Seuche, die vor allem Journalisten, Rundfunksprecher, Fernsehmoderatoren und Vertreter ähnlicher Berufe befallen soll und sich darin äußert, daß die Betroffenen bei jeder Gelegenheit (wenn auch nicht immer richtig) Flaiano zitieren beziehungsweise jede halbwegs geistreiche Pointe mit dem Zusatz versehen: « ... wie Flaiano sagen würde».[1]

Wenn diese Rezeption in ihrer Einseitigkeit dem Autor auch keineswegs gerecht wird, so zeigt sie doch, wie präsent Ennio Flaiano noch zwanzig Jahre nach seinem Tod in Italien ist, wie er dort als eine Art heimlicher Klassiker des Bonmots, der Satire, des Wortwitzes gefeiert wird. Zum Klassiker-Image haben auch die beiden, zusammen annähernd dreitausend Dünndruck-Seiten umfassenden Bände der Ausgabe seiner Werke beigetragen, die 1988 bzw. 1990 in Italien erschienen sind und in denen die Herausgeberinnen mit bewundernswerter Akribie versucht haben, «etwas Ordnung zu machen» (Maria Corti): das heißt, neben den zu Flaianos Lebzeiten erschienenen Büchern und Artikeln auch das gesamte unveröffentlichte Material – Schachteln und Mappen voll unsortierter und meist undatierter Notizen, Minierzählungen, Gedankensplitter, Entwürfe, Tagebuchaufzeichnungen etc. (aus denen sich – auch eine Form der «Flaianitis»? – schon einige Verleger für kleine Auswahlbände vorab bedient hatten) – kritisch zu sichten, zu entschlüsseln und unter sinnvollen Kategorien zusammenzufassen.[2]

Vielleicht wäre Flaiano selbst froh darüber, seine literarische Hinterlassenschaft nun solchermaßen geordnet zu sehen, etwas, um das er sich, vor allem in seinen späteren Jahren, immer, wenngleich nicht immer erfolgreich, bemüht zu haben scheint, wobei er laufend Texte

---

[1] Siehe dazu Giovanni Russo, *Flaianite*, Mailand 1991.

[2] Ennio Flaiano, *Opere*, herausgegeben von Maria Corti und Anna Longoni, Bd.I 1988, Bd.II 1990, Mailand (Bompiani).

umänderte, umstellte oder anderweitig verwertete. Flaianos Maß war nicht der große Roman (auch wenn er einen solchen geschrieben hat), nicht das Buch als kompaktes Produkt, das man in einem Zug schreibt und ebenso liest. «Mir macht das leere Blatt angst», sagte er in einem seiner letzten Interviews. «Ich neige eher zur Notiz, zur alltäglichen Skizze, zu den Dingen, die *hinterher* zu einem Band werden.» Für diese Auswahl-Bände hatte er sich auch schon eine ganze Liste schöner Titel ausgedacht (die von den Herausgeberinnen der Werkausgabe zum Teil verwendet wurden), darunter – in ironischer Anspielung auf Reader's Digest – auch: «Das Schlechteste».

In der vorliegenden Auswahl jedoch geht es um keinerlei Wertungen, sondern lediglich darum, ein deutschsprachiges Leserpublikum, bei dem Flaiano immer noch als Geheimtip gilt (oder schon nicht mehr?), näher mit diesem so vielseitigen und schwer einzuordnenden Autor bekannt zu machen, dessen Spektrum vom witzigen Aperçu bis zur melancholischen Einsicht in seine (und unsere) prekäre *condition humaine* reicht, von der liebevoll-ironischen Chronik eines im Nachhinein geradezu familiär anmutenden Roms der fünfziger und sechziger Jahre bis zur bitteren Entrüstung angesichts der Zustände und Entwicklungen unserer Welt (und nicht selten erweisen sich aus heutiger Sicht Flaianos Texte geradezu als prophetisch). Einen «Zauberkünstler der Verzweiflung» nannte ihn Giorgio Manganelli: Flaiano, ein Autor, für den Tragödie und Farce immer eng beieinander liegen, dessen Themen nicht die großen Ereignisse der Weltgeschichte sind, sondern die kleinen Beunruhigungen des Alltags, der Mikrokosmos des Privaten – und das macht ihn so zeitlos und so menschlich.

Vor allem soll dieser Band aber auch dazu beitragen, den Menschen zu zeigen, der sich oft hinter der Maske des Satirikers verbirgt, wenngleich Flaiano, wie er auf die Anfrage eines Filmlexikons schrieb, über sein Privatleben «eine gewisse Zurückhaltung wahren» wollte. Bewußt wurden also vornehmlich (wenn auch nicht ausschließlich) Texte ausgewählt, die ein (Schlag-)Licht auf die äußere und innere Biographie des Autors werfen,

Flaiano par lui même sozusagen, ohne daß dabei jedoch der geringste Anspruch auf Vollständigkeit erhoben werden soll (beispielsweise wurden so wichtige Lebensstationen wie der Äthiopienkrieg und die zahlreichen Reisen völlig ausgespart). Und natürlich hätte man die ganze Auswahl auch anders treffen, nach völlig anderen Kriterien anordnen und überhaupt (wie immer im Leben) alles viel besser machen können ...

Einzige Ausnahme ist das titelgebende Kernstück des Bandes, dessen Zusammenstellung von Flaiano selbst stammt (die drei Teile wurden im Juli 1962 in drei aufeinanderfolgenden Nummern der Zeitschrift «L'Europeo» veröffentlicht). Und so wie bei ihm hier die äußere Chronologie keine Rolle spielte, bleiben auch für die Anordnung der übrigen Texte die Entstehungs- oder Veröffentlichungsdaten ohne Belang; soweit sie überhaupt feststellbar sind, werden sie in den Textnachweisen zu den einzelnen Kapiteln angegeben. Ebenfalls im Anhang kann der an Flainos Biographie interessierte Leser außer einigen (wenigen) Erläuterungen auch noch – sozusagen en passant – ein paar Informationen finden, die vielleicht das Verständnis mancher Texte erleichtern. (Daß auch hier Flaiano immer wieder selbst zu Wort kommt, legt den Verdacht nahe, die «Flaianitis» könnte die italienische Landesgrenze bereits überschritten haben.)

Alles in allem also eine Art literarisches Flaiano-Puzzle, bei dem aus vielen, in Größe und Farbe ganz unterschiedlichen, Teilchen das Bild eines Menschen und Schriftstellers entstehen soll, der weniger ins Klassiker-Regal als in die Köpfe der Leser gehört.

Gedankt sei an dieser Stelle vor allem der Witwe des Autors, Rosetta Flaiano, ohne deren Mitarbeit und Hilfe dieser Band wohl nie zustande gekommen wäre. Großer Dank gebührt auch Dr. Diana Ruesch, Hüterin des «Fondo Flaiano» der Biblioteca Cantonale in Lugano, die trotz vielfacher Inanspruchnahme nie die Geduld verlor und sich stets als hilfsbereit erwies. Auch für die Überlassung der Bilder und Dokumente sei Rosetta Flaiano und dem Fondo Flaiano herzlich gedankt.

Ragni Maria Gschwend

Abkürzungen der Textquellen

(Die römischen Ziffern bezeichnen die Bände der Werkausgabe)

ABP	– Autobiografia del Blu di Prussia (I)
DE	– Diario degli errori (I)
DN	– Diario notturno (II)
FE	– Frasario essenziale (Mailand 1986)
GeM	– Il gioco e il massacro (II)
I	– Interviste (I)
MaR	– Un marziano a Roma (II)
OI	– L'occhiale indiscreto (I)
SdS	– La Solitudine del satiro (I)
VdI	– La valigia delle Indie (I)

Zu den einzelnen Kapiteln

1. MEIN LEBEN IST EINE ROHFASSUNG

Ennio Flaiano kam am 5. März 1910 in dem (damals) kleinen Abruzzenstädtchen Pescara zur Welt, als siebtes Kind des Kaffeehändlers Cetteo Flaiano und seiner zweiten Frau Francesca, deren Ehe zu diesem Zeitpunkt bereits zerrüttet war: ein unerwünschter Nachzügler also, der schon mit fünf Jahren fortgeschickt wurde und fast seine ganze Kindheit in fremden Familien oder Internaten verbrachte. (Reminiszenzen an die Internatszeiten finden sich u. a. in dem Film 8 1/2.)

Die Erzählung «Der Jüngste» trägt, bei aller äußerlichen Verfremdung (so hatte Flaiano fünf Schwestern und nur einen Bruder, der bereits 1935 starb und zu dem das Verhältnis gut gewesen zu sein scheint), viele autobiographische Züge. Die Beziehungen zur Familie wie zur Heimatstadt (die Flaiano im übrigen mit dem ihm so konträren Dichterfürsten Gabriele D'Annunzio teilt) blieben ein Leben lang gespannt; nach dem Tod der Mutter, im Februar 1938, erlosch der Kontakt zur Familie fast ganz. Als der Vater im Juli 1943 starb, war Flaiano der einzige von den Geschwistern, der an der Beerdigung teilnahm.

1933 kam er zum Militär und mußte 1935 als Leutnant am Abessinienfeldzug teilnehmen. Diese traumatische Erfahrung, die er in seinem Roman *Tempo di ucci-*

dere verarbeitete, machte ihn früh zum überzeugten Antifaschisten und Verfechter der Freiheit (s. a. Kap. 5).

Am 5.2.1940 heiratete Flaiano die um zwei Jahre jüngere Mathematikerin Rosetta Rota.

S.32ff Der zum Mythos hochstilisierte *Marsch auf Rom* fand am 27. Oktober 1922 statt und besiegelte den Triumph Mussolinis und der faschistischen Herrschaft in Italien. Flaianos Erzählung erschien am 2.11.1972 im *Corriere della Sera*, zwei Wochen vor seinem Tod. – 3.*November*: Tag des Waffenstillstands, mit dem 1918 für Italien der Erste Weltkrieg zu Ende ging. Am 2. November, dem Allerseelentag, besucht man die Friedhöfe und gedenkt der Verstorbenen. – *Fascio*, das römische Liktorenbündel, war Symbol und zugleich Synonym der Faschistischen Partei. *Ardito* (wörtlich: tapfer, mutig, kühn etc.) hieß der Soldat der faschistischen Sturmtruppe (gli *Arditi*). Das *Schwarzhemd* war das Zeichen der Parteizugehörigkeit. – Der Orginaltext des «erotischen» italienischen Schlagers aus den zwanziger Jahren lautet: *Oh, l'abat jour / i colori del mare e del cielo // Oh, l'abat jour / i misteri di un magico velo...*

S.46ff Der *Premio Campiello* ist neben dem *Premio Strega* einer der wichtigsten italienischen Literaturpreise; Flaiano kam 1970 mit seinem Band *Il gioco e il massacro* (der die beiden kurzen Romane oder langen Erzählungen *Oh Bombay!* und *Melampus* vereinigt) in die Auswahlrunde. Der Preis ging an Mario Soldati. – Über den *Dichter Cardarelli* siehe Kap.3.; über *Guglielmo Santangelo* war leider nichts zu ermitteln. – *Mario Pannunzio*, auf den Tag genauso alt wie Flaiano, hatte schon in den dreißiger Jahren wiederholt Zeitschriften (mit Flaiano als Redakteur) gegründet, die dann prompt von der faschistischen Regierung verboten wurden. 1949 beschloß er, «ein neues Wochenblatt zu gründen, *Il Mondo*», erinnert sich Flaiano zwanzig Jahre später. «Er bot mir an, Redakteur zu werden. Um meine Ängste auszuräumen, sagte er, daß das Ganze, wie üblich, nicht länger als sechs Monate, höchstens ein Jahr dauern würde, und danach wären wir alle wieder frei. Ich nahm an. Nach vier Jahren, als ich sah, daß das Ganze keineswegs aufhörte, ging ich von selbst und ließ Panunzio verblüfft über seinen eigenen Erfolg zurück.» – *Diario notturno* erschien 1956 (dt. *Nächtliches Tage-*

buch, 1988), der erwähnte Band mit Erzählungen 1959 unter dem Titel: *Una e una notte* (dt. *Eine und eine Nacht*, 1989). Die Komödie *Un marziano a Roma* (*Ein Marsmensch in Rom*) wurde bei ihrer Uraufführung am 23.11.1960 in Mailand zum totalen Mißerfolg.

Textnachweise: «Von meinem Vater ...» ABP 10 f; «Mein Vater ...» ABP 15; «Große Menschen ...» DE 306 f (1956); Der Jüngste ABP 41 ff («Popolo di Roma», 20.3.1943); «Ich habe vergeblich ...» SDS 686 («Corriere della Sera», 18.1.1970); «Wer geboren wird ...» MaR 1175; «Auf den Bildern ...» DN 363 (1946); «Nachforschen ...» DE 417; Mein Marsch auf Rom SdS 732 ff («Corriere della Sera», 5.11.1972); Die Flucht SdS 561 f («L'Espresso», 1.12.1957); «Warum ...» DE 441 (1972); «Mein Leben ...» DE 353 f (1965); «Mein Tag ...» SdS 560 («L'Espresso», 1.12.1957); «Er beschloß ...» DN 442 (1946); «Die Dummheit ...» GeM 869.

2. JEDER ERFOLG IST IM GRUNDE EIN MISSVERSTÄNDNIS

Flaiano hat sich immer wieder als «Nichtschriftsteller» stilisiert und behauptet, nur durch Zufall und erst spät zum Schreiben gekommen zu sein. Tatsächlich hat er jedoch bereits mit etwa zwanzig angefangen, Buchrezensionen für Zeitungen sowie Szenen für ein kleines Theater zu schreiben, und 1933 erschien sein erster Aufsatz in der Zeitschrift *Italia letteraria*, allerdings gekürzt, was Flaiano zutiefst empörte. «Es ist, als würde man einem Läufer die Beine abhacken», schrieb er an einen Freund. «Wenn man mich jedesmal, wenn ich etwas sage, zensiert, dann werde ich zum Schluß auf Klopapier schreiben, nur für mich allein. Der Elfenbeinturm schlechthin.»

Selbst während des Äthiopienfeldzugs war er literarisch tätig, führte ein Tagebuch, in dem er Ereignisse und Betrachtungen festhielt, und übersetzte den *Raben* von Edgar Allen Poe, der ihn schon als Kind so beeindruckt hatte. Zu seinen Lieblingsautoren gehörten übrigens auch Swift, E.M. Forster und Kafka, den er bereits in den dreißiger Jahren las. Von den italienischen Autoren liebte er seit frühen Jahren Alessandro Manzoni und dessen Roman *Die Verlobten*.

Nach seiner Rückkehr aus dem Krieg nimmt Flaiano das Architekturstudium nicht wieder auf, sondern wird fester Mitarbeiter verschiedener Zeitungen, vor allem auch als Theater- und Filmkritiker. 1946 gründet er sogar eine eigene Wochenzeitschrift mit dem Titel *Cinelandia*, die es jedoch nur auf wenige Nummern bringt. Am 10. Mai desselben Jahres wird Flaianos Stück *La guerra spiegata ai poveri* (Der Krieg, den Armen erklärt) in Rom aufgeführt.

Inzwischen drängt ihn der Mailänder Verleger Longanesi immer wieder, ein Buch zu schreiben. «Lieber Flaiano, seit längerem habe ich nichts mehr von Ihnen gehört. Ich will unbedingt etwas von Ihnen veröffentlichen. [...] Schreiben Sie mir, Sie alter Faulpelz», heißt es in einem Brief vom 3.August 1946. Und Flaiano erinnert sich am 28. September 1958: «Gestern ist Longanesi in Mailand gestorben. Es tut mir sehr leid. Er war der lebendigste und aufrichtigste von allen. [...] Ich erinnere mich an ihn wegen der Einfachheit, mit der er im Dezember 46 zu mir sagte: ‹Warum schreiben Sie nicht einen Roman für mich?› Ich lachte, aber er meinte es ernst. Und ich schrieb ihn.»

Es handelt sich um den Roman *Tempo di uccidere* (dt. zunächst unter dem Titel *Frevel in Äthiopien*, 1953, und dann *Alles hat seine Zeit*, 1976), ein absolut unheldisches Kriegsbuch, das in der aufkommenden Flut von Büchern über den Partisanen-Widerstand kein Publikumserfolg wird (der italienische Abessinienkrieg findet in der Nachkriegsliteratur so gut wie keinen Niederschlag). Dennoch erhält Flaiano den 1947 erstmals verliehenen Literaturpreis Premio Strega (benannt nach der geldgebenden süditalienischen Likörfirma gleichen Namens), den er mit tiefem Unbehagen entgegennimmt. Ein Freund beschreibt, wie Flaiano die öffentliche, auf einer Hotelterrasse stattfindende Stimmenauszählung nicht ertragen konnte und sich in einem abgelegenen Raum bei geschlossenen Fenstern und Läden einschloß, um nichts sehen und hören zu müssen. Auch als er aufs Podium steigen, den Scheck und die Umarmung der Präsidentin entgegennehmen und etwas in das ihm wie eine Pistole vorgehaltene Mikrophon sagen mußte, sei er ziemlich verwirrt gewesen. «Aber als er vom Podium herunterkam, gewann er rasch seine Schlagfertigkeit wieder. Er betrachtete den Scheck der *Banca Nazionale del Lavoro* [der Arbeit] und sagte: ‹Komisch, und ich habe geglaubt, daß sie ihn für mich beim *Istituto Nazionale dell'Ozio* [der Muße] ausgestellt hätten.›» (Nicola Adelfi in *Cronaca del Premio Strega*, 1947). Flaianos Frau befand sich während dieser Zeit mit der kleinen, kranken Tochter außerhalb Roms.

S.65 *Der Unnennbare* (*L'Innominabile*), den Massaciuccoli erwähnt, heißt bei Manzoni eigentlich «der Ungenannte» (*l'Innominato*), wodurch die Unkenntnis des Redners noch deutlicher wird. «Allein über die Nonne» hat im übrigen schon Manzoni «ein eigenes Buch» geschrieben (*Die Nonne von Monza*), aber das weiß Massaciuccoli natürlich auch nicht.

S.74 *Knock ou le triomphe de la médecine* (*Dr. Knock oder der Triumph der Medizin*) ist eine satirische Komödie von Jules Romains (Uraufführung 1923) über einen Modearzt, der mit Hilfe suggestiv-psychologischer Methoden gesunden Menschen das Gefühl des Krankseins vermittelt und damit eine bisher wenig erfolgreiche Praxis in einen florierenden Krankenhausbetrieb umwandelt. Zitat: «Was ich nicht mag, ist, daß die Gesundheit etwas Provokantes annimmt.»

Textnachweise: «Das Demütigende ...» FE 83; «Ich kann ...» GeM 873; «Ein Heft ...» DE 416; «Ich habe ...» I 1201 (1972); «Ich bin ...» I 1203 (1972); «Was meine Ironie» I 1229 (1972); «Wenn ein Autor ...» DE 352 (1964); «Die Frauen ...» DE 438 (1971); «Der faule ...» SdS 600 f («Il Mondo», 29.3.1960); «Er interessiert ...» DN 443 (1956); «Von einem ...» DN 388 (1951); «Lesen ist ...» SdS 597 («Il Mondo», 29.3.1960); «Die Unaufmerksamkeit ...» SdS 715 ff («Corriere della Sera», 27.1.1972); «Heute ...» ABP 15; «Faust ...» SdS 541 f («Il Mondo», 19.8.1957); «Ein Buch ...» DE 364 (1965); Meine ersten Lektüren SdS 711 («Corriere della Sera», 13.6.1971); «Die Kunst ...» MaR 1177; Ein Symposium SdS 563 ff («Corriere della Sera», 11.12.1957); «Wenn irgend jemand ...» DN 452 (1956); «Er ist ein so schlechter ...» DE 367 (1965); «Er ist dermaßen ...» SdS 477 («Il Mondo», 20.11.1956); «Im Anfang ...» DE 432; «Der Professor ...» SdS 598 ff («Il Mondo», 29.3.1960);

«Hochverehrter ...» DN 408 (1955); «Wenn ein Autor ...» DE 365 (1965); Grabinschrift VdI 209.

3. BLÄTTER VON DER VIA VENETO

Die Via Veneto (genau: Via Vittorio Veneto) führt vom Pincio, einem der sieben Hügel Roms mit einem großen öffentlichen Park (Villa Borghese), sanft in die Stadt hinunter. Nach dem Krieg trafen sich in ihren Cafés Literaten und Künstler, bis die Straße in den fünfziger Jahren von den Filmleuten und den (vor allem amerikanischen) Touristen entdeckt und zum Nobel-Boulevard des nächtlichen Roms wurde. Der Film *La dolce vita* machte sie endgültig zum Mythos, der inzwischen allerdings längst verblaßt ist.

Die erwähnten Gefährten von der Via Veneto (soweit sie nachweisbar beziehungsweise nicht allgemein bekannt sind): Interessant ist, daß es sich bei fast all diesen Literaten um, wie Flaiano sich einmal ausdrückt, «Binnen-Emigranten» handelt, die Rom zu ihrer Wahlheimat gemacht hatten (obwohl die großen Verlagshäuser ihren Sitz in Mailand und Turin hatten). Vielleicht war auch das ein Grund für ein gewisses Zusammengehörigkeitsgefühl.

ARBASINO, Alberto (Voghera/Pavia 1930): Schriftsteller; einer der damals avantgardistischen, experimentellen Autoren, die sich 1963 dann zur «Gruppe 63» zusammenschlossen.

BARILLI, Bruno (Pesaro 1880 – Rom 1952): Schriftsteller, Musiker und Musikkritiker; Mitbegründer der literarischen Zeitschrift *La Ronda* (s. Cardarelli).

BARTOLI NATINGUERRA, Amerigo (Terni 1890 – Rom 1971): Maler, Karikaturist und Schriftsteller.

BASSANI, Giorgio (Bologna 1916): Romancier und Lyriker (1958 Premio Strega), der in seinen bekanntesten (auch in deutscher Übersetzung sehr erfolgreichen) Romanen und Erzählungen (z. B. *Die Gärten der Finzi Contini*, *Ferrareser Geschichten*) die Verfolgung der jüdischen Gemeinde Ferraras thematisiert, von der er selbst betroffen war.

BELLONCI, Goffredo: Ehemann der bekannten Schriftstellerin, Kritikerin und Journalistin MARIA BELLONCI, mit der zusammen er den berühmten Literaturpreis «Premio Strega» ins Leben rief.

BRANCATI, Vitaliano (Pachino/Syrakus 1907 – Turin 1954): Schriftsteller und Journalist, dessen (auch ins Deutsche übersetzte) Werke weitgehend satirisch-gesellschaftskritisch sind und den Männlichkeitskult seiner sizilianischen Heimat anprangern.

CARDARELLI, Vincenzo (eigentlich Nazareno Caldarelli, Tarquinia/Viterbo 1887 – Rom 1959): Dichter und Journalist; als Lyriker in der Nachfolge Leopardis; von 1919–1922 leitete er die von ihm mitbegründete römische Monatszeitschrift *La Ronda*, die sich mit ihrem Motto *Lo stile è una difesa* (Der Stil ist ein Mittel zur Verteidigung) bewußt als Gegenpol zu der Avantgarde-Zeitschrift *La Voce* verstand. Nach dem Krieg leitete er die Zeitschrift *Fiera letteraria* (von 1949–55).

DE FEO, Alessandro (Sandro, Bari 1905 – Rom 1968): Schriftsteller und Journalist, Theater- und Filmkritiker, Drehbuchautor.

FRASSINETI, Augusto (Faenza 1915 – Rom 1985): Ministerialbeamter und Schriftsteller, der in seinen Werken vor allem die Welt der Bürokratie karikiert.

IVELLA, Vittorio: ein Bekannter Flaianos, der im diplomatischen Dienst tätig war.

LEVI, Carlo (Turin 1902 – Rom 1975): Arzt, Schriftsteller und Maler, der mit seinem gleich nach dem Krieg erschienenen Roman *Christus kam nur bis Eboli* Weltruhm erlangte.

MACCARI, Mino (Siena 1898 – Rom 1989): Maler, Schriftsteller und Karikaturist; leitete von 1927–1942 die traditionsbewußte Kulturzeitschrift *Il Selvaggio* (Der Wilde).

MUCCI, Velso (Neapel 1911 – London 1964): Schriftsteller und Literaturkritiker; gründete und leitete in der unmittelbaren Nachkriegszeit eine politisch-literarische Zeitschrift.

NAPOLITANO, Gian Gaspare (Palermo 1907 – Rom 1966): Schriftsteller, Journalist und Drehbuchautor; hielt sich als Korrespondent viel im Ausland auf.

PATTI, Ercole (Catania 1904 – Rom 1976): Journalist und Schriftsteller, dessen Romane zum Teil verfilmt wurden.

PELLIZZI, Raffaella: eine Freundin der Flaianos, die sich u. a. Cardarellis annahm.

PENNA, Sandro (Perugia 1906 – Rom 1977): bedeutender Lyriker, dessen Gedichte häufig die homoerotische Liebe zum Thema haben. Freund und Förderer Pasolinis.

PINELLI, Tullio (Turin 1908): ursprünglich Jurist; Theaterdichter und Drehbuchautor, der – oft zusammen mit Flaiano – an vielen Filmen von Fellini mitwirkte.

CONTE SAFFI: ein regelmäßiger Besucher der Buchhandlung Rossetti.

SINISGALLI, Leonardo (Montemurro/Potenza 1908 – Rom 1981): Ingenieur und Mathematiker, Lyriker und Essayist, der in seinen Gedichten häufig das ländliche Leben seiner süditalienischen Heimat beschrieb.

SOLDATI, Mario (Turin 1906): bekannter Schriftsteller, Drehbuchautor und Filmregisseur, von dem einige Romane und Erzählungen auch ins Deutsche übersetzt wurden.

WILCOCK, Rodolfo (Buenos Aires 1919 – Rom 1978): Sohn eines Engländers und einer Italienerin, lebte seit den fünfziger Jahren in Rom und schrieb phantastisch-groteske Romane, Erzählungen und Theaterstücke. Die auf S. 129 zitierten Verse haben Flaiano so beeindruckt, weil in ihnen zum erstenmal das Wort *automobile* vorkomme.

S.79 Mussolini hatte einst verkündet: *Il nostro destino sta sul mare* – Unsere Zukunft liegt auf dem Meer.

S.87 Das *Café Rosati* an der Via Veneto (es gibt auch eines an der Piazza del Popolo) war ein beliebter Literatentreffpunkt.

S.89 Der englische Autor George Gissing (1857–1903) beschrieb in dem erwähnten Buch *By the Ionian Sea* eine Reise durch Süditalien, die er 1892 unternahm. (Flaiano las mit Vorliebe Reiseberichte ausländischer, vor allem angelsächsischer, Autoren über Italien.) Der Name *Paparazzo* wurde durch den Film *La dolce vita* zum Synonym für einen aufdringlichen Bildreporter.

S.91 Das *Café Greco* (genau: Antico Caffè Greco) gehört zu den ältesten der Stadt und wurde seit dem 18. Jahrhundert auch von vielen bedeutenden deutschen Rombesuchern (allen voran Goethe) frequentiert. Noch in der unmittelbaren Nachkriegszeit trafen sich dort die Künstler.(Aus dem Jahr 1948 existiert ein – immer wieder reproduziertes – Foto, auf dem Flaiano mit vielen anderen Literaten verewigt ist.)

S.96 «*Wer schläft ...*»: Spiel mit der italienischen Redensart:

Chi dorme non piglia pesci – wörtl.: Wer schläft, fängt keine Fische (Wer nicht wagt, gewinnt nicht).

S.102 *«Ed è subito sera»* – «Und gleich ist es Abend»: berühmte Gedichtzeile (zugleich Titel eines ganzen Bandes) des Lyrikers Salvatore Quasimodo, der 1959 den Nobelpreis erhielt.

S.120 *Petrolini*, Ettore (1886–1936): berühmter Komiker, zu dessen Repertoire die Figur des Elegants Gastone gehörte. – *The Roman Spring of Mrs. Stone*, Roman von Tennessee Williams, 1950 (dt. *Mrs. Stone und ihr römischer Frühling*, 1953).

S.121 *Ducrot*: römischer Möbelfabrikant der vorfaschistischen Ära.

S.126 *Nunc licet* ...: Horaz, Satiren I 8,14 (Jetzt kann man hier oben auf des Esquilins gesunder Höhe wohnen).

Textnachweise: I SdS 623 ff («Europeo», 15.7.1962); II SdS 634 ff («Europeo, 22.7.1962); III SdS 644 («Europeo», 29.7.1962)

4. DER DREHBUCHAUTOR IST EINER, DER ZEIT HAT

Flaiano und Fellini lernten sich Ende der vierziger Jahre kennen, da sich die Redaktionen von *Il Mondo* und der satirischen Zeitschrift *Marc'Aurelio*, für die Fellini Karikaturen zeichnete, im selben Gebäude befanden. Flaiano hat den elf Jahre Jüngeren in die Literatenkreise der Via Veneto eingeführt. Der erste gemeinsame Film war *Luci di varietà* (*Lichter des Varietés*) 1950, bei dem Fellini noch zusammen mit Lattuada Regie führte. Ihm folgten *Lo sceicco bianco* (*Der weiße Scheich*) 1952, *I vitelloni* (*Die Müßiggänger*) 1953, *La strada* (*La Strada – Das Lied der Straße*) 1954, *Il bidone* (*Die Gauner*) 1955, *Le notti di Cabiria* (*Die Nächte der Cabiria*) 1957, *La dolce vita* (*Das süße Leben*) 1960, *Boccaccio'70* (darin die Episode: *Le tentazioni del dottor Antonio – Die Versuchungen des Dr. Antonio*) 1962, *Otto e mezzo* (*8 1/2*) 1963, *Giulietta degli spiriti* (*Julia und die Geister*) 1965. Danach brach die Zusammenarbeit ab.

Es wird immer wieder darüber gerätselt, warum diese so fruchtbare Verbindung in die Brüche gegangen ist. Aus den abgedruckten Texten erkennt man jedoch deutlich, daß es in dieser «Freundschaft, die uns entzweit» von Anfang an Krisen gegeben hat, die nicht nur mit Fellinis Starallüren zusammenhingen, sondern auch damit, daß sich Flaiano nie hundertprozentig mit dem Filmmilieu identifizieren konnte, ständig das Gefühl hatte, sein literarisches Talent zu vergeuden und nur Zulieferarbeit zu leisten, die der Regisseur dann ganz für sich allein beanspruche. Im übrigen hatten sich die beiden spätestens nach *Julia und die Geister* auch künstlerisch auseinandergelebt. Bereits in einem Interview von 1959 oder 1960 hatte Flaiano auf die Frage, ob er Fellini nicht für einen Künstler halte, geantwortet: «Doch, natürlich ist er das. Er ist ein ganz ungewöhnlicher Künstler-Impresario und Zauberer. Er könnte auch ein hervorragender Außenminister sein. Aber seine Kunst, die Pasolini als neo-dekadent bezeichnet, braucht Symbole, und um ganz sicherzugehen, muß er in jedes Gericht Trüffel geben, es mit Soßen anreichern. Aber ich esse *in bianco* [nur mit Butter und Käse]». Dennoch scheint sich bis zuletzt ein Gefühl gegenseitiger Sympathie erhalten zu haben.

Insgesamt hat Flaiano an ca. 60 Filmen verschiedener Regisseure mitgearbeitet, darunter auch an vier von Alessandro Blasetti (*Tempi nostri* 1954; *Peccato che sia una canaglia* 1955; *La fortuna di essere donna* 1955; *Io, io, io … e gli altri* 1966). Für Roberto Rossellini hat Flaiano allerdings nur einmal gearbeitet, und zwar (neben dem Regisseur) zusammen mit drei weiteren Autoren: *Dov'è la libertà* (1953).

S.138 *Bernardino Zapponi*: der Drehbuchautor von *Satyricon* (zusammen mit Fellini); der Film erschien 1969.

S.146 *Histörchen vom Dichter*: In *Il Mondo* vom 19.1.1954 hatte Fellini von seiner gleichzeitigen Arbeit als Regisseur, Autor und Mitarbeiter am Drehbuch gesprochen und behauptet: «In diesem Fall ist es dumm zu fragen, wer der Autor des Films sei. Das wäre genauso, als würde man einen Dichter fragen, ob er der Autor der Verse sei oder aber das Papier und die Tinte, die er verwendet.»

S.147 *(Weihnachtsbrief):*

Weihnachten 1957

Lieber Ennio,

darf ich Dir alles Gute wünschen? Seit einiger Zeit sehen wir uns wenig, aber ich hab' Dich immer noch gleich gern, und oft bekomme ich Lust, Dir zu schreiben, um Dir zu sagen, daß genau Du mein Weggefährte bist und daß ich hoffe, Dich nach dem Tod in der Hölle neben mir zu haben.

Also: Ich wünsche Dir ein frohes Jahr, ohne Bitterkeit, und ich hoffe, daß sich meine Gedanken etwas klären und wir bald wieder zusammenarbeiten können. Heute abend fühle ich mich sehr melancholisch, und ich begreife überhaupt nichts mehr. Doch es macht mir Freude festzustellen, daß ich jedesmal, wenn ich mir so verloren und dumm vorkomme, Sehnsucht nach Dir habe.

Ein Küßchen von Deinem Freund *Federico*

S.148 Es handelt sich um die Erzählung *Melampus*, die Flaiano ursprünglich als Drehbuch für einen Film geschrieben hatte, den er erstmals in eigener Regie drehen wollte. Er fand dafür jedoch keinen Produzenten; 1972 wurde der Film dann von Marco Ferreri gedreht, ohne daß Flaiano dabei zu Rate gezogen worden wäre. Siehe dazu das Nachwort zur deutschen Ausgabe von *Melampus*, 1993.

S.149 Flaiano hat doch einmal als Schauspieler in einem Film mitgewirkt, und zwar in: *Mio figlio professore* von Renato Castellani, 1946.

S.155 F. steht hier sicherlich für den Drehbuchautor Flaiano.

S.162 Charlie Chaplins letzter Film ist *A king in New York* (1957), bei dem es um eine satirische Abrechnung mit dem Werbefernsehen, Hollywood und ganz allgemein dem «American way of life» geht. Er kam bei Kritik und Publikum nicht an.

Textnachweise: Die Briefe an Fellini stammen aus dem Archiv des Fondo Flaiano; «Ich brauchte ...» I 1218 (1972); «Ich bin heimlich ...» SdS 719f («Corriere della Sera», 3.9.1972); Leserbrief SdS 514 («Il Mondo», 2.4.1957); «Nie war ...» SdS 511; «Die Schauspielerin ...» DE 313f (1957); «Und nach diesem ...» SdS 460; «Und sagen Sie uns ...» SdS 461 (beides «Il

Mondo», 30.10.1956); «Das Mädchen ...» DE 440; «Das brave ...» DN 395 (1951); «Die Sonntagsmaler ...» GM 867; «Ausgestreckt ...» SdS 522 f («Il Mondo», 21.5.1957); «Der Durchschnittsmensch ...» MaR 1184; «Das Fernsehen ...» DE 432; «Glaub mir ...» DN 452 (1956); «Ende des ...» SdS 654 f («Panorama» 8/1963); «Der Produzent ...» SdS 661 («Panorama» 8/1963); «Er ging ...» DE 432; «Gestern abend ...» SdS 658 f («Panorama» 8/1963); «Angenommen ...» SdS 462 f («Il Mondo», 30.10.1956); «Es läutet ...» SdS 551 f («Il Mondo», 12.11.1957)

5. DIESES VOLK VON HEILIGEN, VON DICHTERN, VON SEEFAHRERN, VON NEFFEN UND SCHWÄGERN ...

«Ich bin ein satirischer Schriftsteller, weil ich in einer Gesellschaft lebe, die nur diese Seite bietet.» (Flaiano in einem Interview von 1972)

S.170 In Fregene, einem Fischerdorf bei Ostia, besaßen Flaiano und seine Frau Rosetta seit den frühen fünfziger Jahren ein Häuschen. Später zogen Fellini, Moravia und zahlreiche andere «Prominente» nach, wodurch der Ort in Mode kam.

S.171 Der *Dichter* ist Gabriele D'Annunzio.

S.195 *Bartleby der Schreiber:* Erzählung von Herman Melville (*Bartleby the Scrivener*, 1853), in der es um den bis zur totalen Selbstaufgabe durchgehaltenen passiven Widerstand geht.

Textnachweise: «Dieses Volk ...» DN 385 (1951); «Irgendein Typ ...» SdS 496 ff («Il Mondo», 29.1.1957); «Ich gehöre ...» SdS 717 («Corriere della Sera», 3.9.1972); «Früher einmal ...» DE 364 (1965); Das Meer SdS 698 («Corriere della Sera», 18.8.1970); «Die Italiener ...» SdS 655 f («Panorama» 8/1963); «Die Weisheit ...» DN 362 (1946); «Die kleine Schwedin ... SdS 656 f («Panorama» 8/1963); «Ich liebe ...» I 1235 (1972); «Eine kranke Pythonschlange ...» SdS 597 («Il Mondo», 29.3.1960); Das Pferd SdS 693 («Corriere della Sera», 18.8.1970); «Fregene ...» DE 340; «Der Bettler ...» SdS 478; «Der Clochard ...» SdS 605 f («Corriere della Sera», 23.9.1960); «Was für ein ...» DE 373 (1966); «Der kleine Junge ...» SdS 498 f («Il Mondo», 29.1.1957); Die Diebe SdS 591 f («Il Mondo», 19.1.1960); «Und sie lebten ...» DN 445

(1956); Brief an die ... Privatbesitz Rosetta Flaiano; «Die Freiheit führt ...» DE 355 (1965); «Vor kaum ...» SdS 717 f («Corriere della Sera», 3.9.1972); Die Freiheit SdS 562 f («L'Espresso», 1.12.1957); «Leben ist ...» DE 432 (1970); «Im Mittelalter ...» DE 372 f (1966); «Er hegt ...» DN 454 (1956); Philosophie der Verweigerung DE 374 f (1967); «Aber letzten Endes ...» ABP 17; «Unser Land ...» DE 354 (1965); Die Tabus fallen DE 434 f (1970);

6. WENN ICH GLAUBE ZU SEIN, BIN ICH NICHT, ZU HABEN, HABE ICH NICHT

Am 17.11.1942, mitten im Krieg, kam Flaianos Tochter Luisa Barbara Francesca Ester (genannt Lele – in verschiedenen Schreibweisen) zur Welt. Flaiano zeigte sich als begeisterter Vater und begann sofort ein Tagebuch, in dem er alle «bemerkenswerten Ereignisse» festhalten wollte. Diesem ist auch der auf S. 188 ff zitierte Brief entnommen, der den letzten Eintrag bildet. Danach bricht das Tagebuch ab. Ein paar Monate zuvor hatte die kleine Luisa eine schwere Hirnhautentzündung bekommen, die zu Epilepsie und anderen irreparablen Schädigungen führte. Flaiano brauchte Jahre, um diese furchtbare Realität zu akzeptieren (die in der süditalienischen Mentalität seiner Verwandtschaft auch noch als Fluch und Schuld angesehen wurde), dennoch liebte er seine Tochter sehr. Das Haus in Fregene am Meer bildete einen glücklichen Mittelpunkt für die Familie. Lele überlebte ihren Vater um fast zwanzig Jahre.

Flaiano hatte am 5. März 1970 einen Herzinfarkt erlitten. Drei Monate später schreibt er in sein Tagebuch: «10. Mai. 68 Tage sind vergangen, und ich bin immer noch am Leben, das ist ein schöner Erfolg. Alles muß sich ändern.»

Doch sein Leben ändert sich zumindest nach außen hin nicht: Er schreibt und reist, nicht zuletzt nach Kanada, wo er einen Dokumentarfilm dreht (*Oceano Canada*). Aber aus den Interviews, die er 1972 gibt, wird eine große Müdigkeit und Resignation erkennbar. Nach einem zweiten Herzinfarkt stirbt Ennio Flaiano am 20. November 1972 in Rom.

S.208 *Monte Sacro*: Neubauviertel am Stadtrand Roms, in dem Flaiano mit Frau und Tochter seit 1951 wohnte.
S.212 *Macphersen Memorial*: Titel nicht entschlüsselbar.

Textnachweise: Der Kampf mit dem Engel ABP 18; «Wer hat dich ...» DE 375 (1967); «Der Winter ...» DE 338; Lazarus ABP 14; «Früher ...» GeM 879; «Es gibt ...» DE 422; «Um nicht ...» GeM 875; «Das Opium ...» DE 431; «Der größte Mangel ...» I 1234 (1972); «Seit der Mensch ...» MaR 1182; «Da die Italiener ...» DE 406; «Wieder ...» DE 367 (1965); «Tag eines ...» DE 430 (1970); «Ich glaube an ...» I 1227 (1970); «Wenn Sie ...» GeM 877; «Wenn ich mich ...» DE 305 f (1956); Die Zeit SdS 562 f («L'Espresso», 1.12.1957); «Wer in unserer ...» SdS 674 («Corriere della Sera», 21.12.1967); «Wir wissen nicht ...» I 1237 (1972); «Was bedeutet es ...» DE 335 (1960); «Man glaubt ...» DE 437; «Sterben ...» MaR 1178; Macphersen Memorial VdI 290; «Man erreicht ...» DE 314 (1957); «Das Glück ...» DE 310 (1957); 19.u. 21.September DE 311 f (1957); Erinnerung ... DE 309 (1957); «Christus ...» DE 336 (1960); «Ich beneide ...» I 1241.

Bildnachweis: Abbildungen 27,30, 31, 32, 33: Privatbesitz Rosetta Flaiano; Abb.17: Privatbesitz R.M.G. Alle übrigen Abbildungen: Fondo Flaiano, Biblioteca cantonale, Lugano.

Ennio Flaiano
Melampus

Roman, 223 Seiten, Leinen
Aus dem Italienischen von
Ragni Maria Gschwend

«Melampus» besticht durch seine Intelligenz, seine Melancholie, die Anmut seiner Reflexionen ... Wenn Lesen Denken mit fremdem Kopf bedeutet, wie Schopenhauer meinte, dann ist der kluge Kopf des Ennio Flaiano ganz sicher ein Gewinn für den Leser.
Sigrid Löffler, ORF

Daß der Roman «Melampus» zum puren Vergnügen des Lesers wird, liegt an Flaianos Selbstironie und der bewundernswerten Leichtigkeit seines Stils. Mit Recht apostrophierte der Schriftsteller Giorgio Manganelli seinen Kollegen Flaiano als «Zauberkünstler der Verzweiflung».
Peter Hamm, DER SPIEGEL

Alles in diesem Roman lebt durch die Sprache, die Ragni Maria Gschwend mit wunderbarer Leichtigkeit ins Deutsche gebracht hat ... Nach einer sprachakrobatischen Leistung dieser Größenordnung gibt es keinerlei Grund zu bedauern, daß Flaianos Film «Melampus» ein Traum geblieben ist.
Wolfgang Matz, FAZ